Il grande libro delle Fiabe d'Oro

Testo di Peter Holeinone con la collaborazione di Adriana Sirena
Illustrazioni di Tony Wolf, Piero Cattaneo e Severino Baraldi
Progetto grafico di copertina: Mia Bertelli

www.giunti.it

Via Bolognese, 165 - 50139 Firenze - Italia
Via G.B. Pirelli, 30 - 20124 Milano - Italia

Prima edizione: maggio 2005
Quinta ristampa: ottobre 2020

FSC www.fsc.org
MISTO
Carta da fonti gestite in maniera responsabile
FSC® C016466

Stampato presso Lito Terrazzi srl - Stabilimento di Iolo

Il grande libro delle Fiabe d'Oro

DAMI EDITORE

Indice

Il soldatino di piombo

C'era una volta un bambino che aveva tanti giocattoli. Li teneva nella sua camera e durante il giorno passava lunghe ore felici con loro.
Uno dei suoi giochi preferiti era la battaglia con i soldatini di piombo: disponeva le statuine in file contrapposte e la guerra incominciava...
Quando i soldatini gli erano stati regalati, si era accorto che uno di loro, per un errore di fusione, era senza una gamba.
Ciò nonostante il bambino, quando giocava, metteva sempre in prima fila, davanti a tutti, il soldatino mutilato, spronandolo a essere il più valoroso.

Il bambino non sapeva che, durante la notte, i giocattoli si animavano e parlavano tra di loro; e spesso, mentre riponeva in file ordinate tutti i soldatini, dimenticava quello senza gamba in mezzo agli altri giochi.
Fu così che il soldatino di piombo si trovò a parlare con una graziosa ballerina, anche lei di metallo. Fra i due nacque una grande simpatia e piano piano, quasi senza accorgersene, il soldatino si innamorò di lei.
Le notti passavano veloci una dopo l'altra e il soldatino innamorato non trovava mai il coraggio di dichiarare il suo amore.
Quando le mani del bambino lo spostavano, durante le battaglie con gli altri soldatini, sperava che lei vedesse quanto era coraggioso.
La sera, alla ballerina che gli chiedeva se non avesse avuto paura, rispondeva fiero di no. Ma le occhiate insistenti e i sospiri del soldatino non sfuggirono all'attenzione del jolly dispettoso chiuso nella scatola a sorpresa.
Ogni volta che a mezzanotte la scatola si apriva come per magia, un dito accusatore si puntava sul povero soldatino.
Finché una notte il jolly sbottò: "Ehi, tu! Non guardare troppo la ballerina!".
Il povero soldatino, confuso, diventò tutto rosso ma la ballerina, gentile, lo confortò: "Non ascoltare quel brutto invidioso! Io sono felice di parlare con te!".
E, così dicendo, anche lei arrossì.

Povere statuine, così timide da non riuscire a confessare di essersi innamorate l'una dell'altra!
Finché un giorno i due furono separati.
Il bambino prese il soldatino di piombo e lo posò sul davanzale della finestra.
"Resta qui a fare buona guardia, perché nessun nemico entri! Anche se sei senza una gamba, puoi fare la vedetta!"
Poi dispose gli altri soldatini sul tavolo per cominciare a giocare.
Era estate e nei giorni che seguirono il soldatino non fu mosso dal suo posto.
Un pomeriggio scoppiò all'improvviso un temporale e il vento impetuoso sbatté i vetri della finestra, facendo precipitare nel vuoto la statuetta di piombo.
Cadendo dal davanzale a testa in giù, la baionetta del fucile si conficcò per terra. Intanto vento e pioggia continuavano: si trattava di una vera e propria burrasca!
L'acqua, che scendeva a dirotto, formò presto vaste pozzanghere e infiniti rigagnoli si sfogavano nelle fogne.

Dal portone di una scuola vicina, un gruppetto di ragazzi aspettava impaziente che smettesse di piovere per uscire. Quando finalmente la pioggia accennò a diminuire, tutti si lanciarono correndo per ritornare a casa.
I ragazzi schiamazzando saltavano, cercando di evitare le pozzanghere più grosse.
Due di loro, prudentemente, si riparavano dall'ultima pioggerella camminando vicino ai muri delle case. Fu così che videro il soldatino piantato nella terra, divenuta molle per la pioggia.
"Oh, peccato che abbia una gamba sola! Altrimenti lo avrei portato a casa!" disse uno.
L'altro lo raccolse e se lo infilò in tasca: "Prendiamolo ugualmente, a qualcosa servirà!".
Dall'altro lato della strada scendeva un grosso rivolo d'acqua.
La corrente veloce trasportava una barchetta di carta finita lì non si sa come.
"Mettiamoci sopra il soldatino, così diventerà un marinaio!" disse il ragazzo che lo aveva raccolto.
Fu così che il soldatino di piombo diventò navigatore!
L'acqua vorticosa del rigagnolo entrava nello scarico di una fogna e la barchetta vi fu trascinata in un baleno.
Nel canale sotterraneo l'acqua era alta e fangosa: grossi topi, digrignando i denti, videro passare l'insolito passeggero sulla barchetta ormai fradicia e quasi sommersa.
Ma ci voleva ben altro per spaventare il soldatino, che aveva affrontato tanti pericoli in battaglia!
L'acqua della fogna finiva nel fiume e la barchetta vi arrivò fra alte onde, ormai capovolta.
Il soldatino capì che la sua fine era ormai vicina.
Dopo il naufragio, il soldatino si inabissò nell'acqua profonda.

Mille pensieri gli passavano per la mente, ma uno soprattutto lo angosciava: “Non rivedrò mai più la mia dolce ballerina!”.
Ma una bocca immensa arrivò per inghiottirlo e cambiare di nuovo il suo destino… Fu così infatti che il povero soldatino si ritrovò nel buio stomaco di un grosso pesce che, attirato dal luccichio variopinto della sua divisa, si era avventato ingordo su di lui.

Il pesce però non ebbe tempo di rallegrarsi del suo indigesto pasto perché, di lì a poco, si ritrovò in una grande rete che un pescatore aveva gettato nel fiume. Poco dopo, boccheggiante, finì insieme ad altri pesci, sfortunati come lui, in una cesta che veniva portata al mercato.
Intanto, proprio al mercato del pesce stava andando la mamma del bambino che, fino a poco tempo prima, era stato il proprietario del soldatino.
"Ecco, questo, andrebbe bene per gli invitati che avremo stasera!" si disse la donna nel vedere il grosso pesce appoggiato su un banco.
Il pesce finì in cucina e quando la mamma lo aprì per pulirlo, stupita, si ritrovò tra le mani il soldatino di piombo.

"Ma questo è uno dei soldatini di mio figlio" esclamò e corse subito dal ragazzo per dirgli che aveva ritrovato il soldatino senza una gamba.
"È proprio il mio!" disse subito il bambino felice nel riconoscere il suo soldatino scomparso. "Chissà come ha fatto a finire nella pancia di questo pesce! Poveretto, quante ne avrà passate da quando è caduto dalla finestra!"
E lo posò sulla mensola del camino dove da tempo sua sorella aveva appoggiato la ballerina.
Un miracoloso destino aveva riunito i due innamorati.
Felici di essere vicini, durante la notte potevano finalmente parlarsi e raccontarsi tutto quanto era successo dopo la loro separazione.
Ma la cattiva sorte riservava loro ancora delle sorprese: un violento colpo d'aria alzò la pesante tenda della finestra che colpì la ballerina, facendola precipitare nel fuoco del camino.

Il soldatino di piombo, spaventato, vide cadere la sua compagna.
Sapeva che sotto, nel camino, il fuoco era acceso.
Disperato sapeva di non poter far niente per salvarla.
Per una statuina di piombo il fuoco è un grande
nemico perché può fondere il metallo.

Dondolandosi con l'unica gamba, il soldatino cercò di smuovere il piedistallo che lo teneva fermo.
A lungo continuò nel terribile sforzo finché anche lui cadde nel fuoco.
Così, anche nella sventura, si trovarono ancora una volta vicini, tanto vicini che il metallo dei loro piedistalli, lambito dal fuoco, cominciò a fondersi.
Il piombo del basamento dell'uno si mescolò a quello dell'altro e il metallo, ormai liquido, prese stranamente la forma di un cuore.
Anche i loro corpi stavano quasi per fondersi, quando il ragazzo, passando davanti al camino, vide le due statuine nelle fiamme e, con il piede, le allontanò dal calore.
Da allora, fusi per sempre vicini, il soldatino e la ballerina furono conservati così come il destino li aveva riuniti: con un'unica base a forma di cuore.

I nani magici

C'era una volta un povero ciabattino, che viveva miseramente perché la vista indebolita gli impediva di lavorare come prima.
Una sera se ne andò a letto sconfortato, lasciando a metà la riparazione di un paio di scarpe. La mattina dopo trovò il lavoro terminato ma, sapendo di non aver molta memoria, non diede importanza alla cosa. Durante il giorno preparò l'occorrente per fare un nuovo paio di scarpe a un ricco cliente.

"Domattina, quando ci sarà più luce, mi metterò al lavoro!" si disse. Ma la mattina dopo, con sua grande sorpresa, al posto del cuoio che aveva lasciato sul tavolo trovò un bellissimo paio di scarpe. Più tardi il cliente passò di lì per sapere a che punto era il lavoro e, vedendo le scarpe già pronte e fatte così bene, soddisfatto pagò al ciabattino il doppio del prezzo fissato.
Il calzolaio, confuso, si chiese che cosa stesse succedendo.
La sera lasciò di nuovo sul tavolo il cuoio per un nuovo paio di scarpe e la mattina la scena si ripeté. Le scarpe erano lì, lucide e perfette.
Anche queste furono subito vendute a un prezzo più alto.

Poiché ogni sera il ciabattino lasciava l'occorrente per il suo misterioso aiutante e la mattina trovava un paio di scarpe già pronte, presto riuscì a mettere da parte un bel gruzzolo.

Quando la moglie si accorse di tutto il denaro guadagnato, chiese spiegazioni e, saputa la verità, propose: "Aspettiamo la notte! Poi restiamo nascosti per scoprire la verità!".

Fu così che, senza essere visti, scoprirono due nanetti che a mezzanotte in punto entravano nel negozio del ciabattino e, svelti e precisi, in quattro e quattr'otto preparavano le scarpe.

Era inverno e i due nanetti, coperti solo da logori vestiti, mentre lavoravano tremavano dal freddo.

"Poveretti! Che freddo hanno!" disse la moglie sottovoce al marito. "Per domani preparerò due belle casacchine di lana, così staranno più caldi e invece di un solo paio di scarpe, forse ne faranno di più!"

La mezzanotte seguente, due belle giacchette rosse dai bottoni d'oro aspettavano i nanetti sul tavolo, vicino al cuoio.

I due nanetti si infilarono felici le giacche e cominciarono a ballare gridando: "Che belle giacche! Non avremo più freddo!".

Dopo un po' uno dei due disse: "Adesso mettiamoci al lavoro!".

Ma l'altro rispose: "Lavorare?! Mai più! Con due giacche così, ora siamo ricchi e non abbiamo più bisogno di lavorare!"

E se ne andarono per sempre, lasciando con un palmo di naso il ciabattino e sua moglie.

La coda dell'orso

C'era una volta un pescatore che d'inverno girava con un carretto per vendere le sue trote.

Mentre passava in mezzo a un bosco, una volpe avvertì l'odore del pesce e cominciò, non vista, a seguire il carretto. Il pescatore trasportava le trote in lunghe ceste di vimini e la volpe, che si era avvicinata, già sentiva l'acquolina in bocca mentre spiava i grossi pesci.

La tratteneva dal saltare sul carretto il sibilare della lunga frusta che il pescatore, ogni tanto, faceva schioccare per incitare il cavallo ad avanzare più svelto sulla neve. Ma l'odore del pesce fresco era così allettante da farle superare la paura: con un balzo saltò dietro al carretto e con una zampata fece cadere sulla neve uno dei cesti di vimini.

Il pescatore non si accorse di nulla e continuò tranquillo il suo tragitto, ignaro di tutto.

Soddisfatta, la volpe
aprì il cesto e si preparò
a gustare le trote. Stava per
assaggiare il primo boccone quando
si vide comparire davanti l'orso.
"Dove hai preso quelle magnifiche trote?"
le chiese il bestione con aria affamata.
"Le ho appena pescate!" rispose tranquilla
la volpe.
"Pescate?! Ma se il lago è gelato!" rispose
l'orso incredulo. "Come hai potuto pescarle?"
Fin dall'inizio la volpe aveva capito che, se non fosse riuscita ad allontanare l'orso con una scusa, sarebbe stata costretta a dividere con lui il frutto della sua rapina. E non trovò di meglio che rispondere:
"Le ho pescate con la coda!"
"Con la coda?!" chiese ancora più sbalordito l'orso.
"Certo! Con la coda! Ho fatto un buco nel ghiaccio, vi ho immerso la coda e quando me la sono sentita mordere, l'ho ritirata trovandovi attaccato un pesce!"
L'orso si tastò la coda e sentendo già l'acquolina in bocca, disse:
"Grazie! Vado subito a pescare anch'io!".
Il lago non era lontano, ma il ghiaccio era molto spesso e l'orso ebbe molta difficoltà a fare un buco, ma alla fine i suoi unghioni riuscirono nell'intento.
Calava la sera e il freddo aumentava. L'orso si sedette rabbrividendo sul buco con la coda nell'acqua.
Passava il tempo, ma nessun pesce abboccava.
L'orso si sentiva sempre più infreddolito e l'acqua del lago si stava ghiacciando di nuovo intorno alla sua coda.
Fu allora che all'animale parve di sentirsi mordere la coda, resa ormai rigida dal freddo e, di scatto, tirò con tutta la sua forza. Sentì uno strappo e un acuto dolore: si girò per guardare che razza di pesce avesse pescato... ma si accorse di non avere più la coda, che era rimasta imprigionata nel ghiaccio.
Ecco perché da allora gli orsi, al posto della folta coda di una volta, hanno un codina corta corta!

Il fagiolo magico

C’era una volta una povera vedova che viveva con il figlio Giacomino in una casetta di pietra. La loro unica ricchezza era una mucca da latte. Quando la mucca divenne troppo vecchia, la madre mandò Giacomino a venderla.

Mentre andava al mercato, incontrò uno strano viandante. “In cambio della tua mucca, ti offro cinque fagioli magici!” propose lo straniero.

Giacomino, incerto, esitò a lungo ma poi, allettato da una così straordinaria occasione, accettò.

Quando tornò a casa, la madre si infuriò e lo rimproverò aspramente: “Sciagurato! Che cosa hai fatto?! I soldi ci servivano per comprare un nuovo vitello! Adesso non abbiamo più niente e siamo più poveri di prima!”.

Pentito, Giacomino se ne stava mogio mogio.

“Solo uno sciocco avrebbe scambiato una mucca per cinque fagioli!” continuava a gridare arrabbiata la madre.

Poi, al colmo dell'esasperazione, prese i cinque fagioli e li gettò dalla finestra, mandando Giacomino a letto senza cena.
Il mattino dopo, Giacomino, uscendo di casa, trovò una straordinaria sorpresa: una gigantesca pianta di fagioli, così alta da raggiungere le nuvole, era cresciuta durante la notte.
"Allora i fagioli erano davvero magici!" pensò Giacomino.
Curioso com'era, si arrampicò sulla pianta e, raggiunta la cima, si trovò sopra le nuvole. Guardandosi intorno vide poco lontano un grande castello di pietra grigia.
"Da chi sarà abitato?" si chiese stupito.
Ma rimase ancora più sorpreso nel vedere un sentiero che portava al castello. Appoggiò il primo piede con timore ma poi, siccome le nuvole reggevano il suo peso, andò avanti. Pieno di curiosità, si trovò davanti a un grande portone chiuso. Bussò più volte alla gigantesca porta, ma nessuno veniva ad aprire.

Guardando bene, si accorse che i battenti erano solo socchiusi. Con grande sforzo riuscì a smuovere il portone di ferro, che finalmente si mosse cigolando. “Che fai qui?” gli chiese un vocione rimbombante.

Davanti a lui un’enorme Orchessa lo fissava accigliata.
Lì per lì, Giacomino riuscì a rispondere solo: “Mi sono perso! Potrei avere qualcosa da mangiare? Ho tanta fame!”.
L’Orchessa, che non aveva figli, lo guardò rabbonita: “Entra, presto! Ti darò una ciotola di latte! Ma sta’ attento perché mio marito, l’Orco, mangia i bambini. Se lo senti arrivare, nasconditi subito!”.
Giacomino tremava di paura ma, ciò nonostante, entrò.
Il latte era buono e il ragazzo aveva appena finito di bere dalla grossa ciotola, quando si udì un gran fragore… Era l’Orco che rientrava!
“Ucci ucci e uccini, sento odore di bambini!” urlò l’orco col suo vocione.
“Presto, nasconditi!” sussurrò più piano che poteva l’Orchessa spingendo Giacomino nel forno della cucina.
“C’era un bambino in questa stanza?” chiese sospettoso l’Orco annusando e guardandosi intorno.
“Bambini, toh!” ripeté l’Orchessa. “Tu vedi e senti bambini dappertutto. È proprio una fissazione la tua! Siediti che ti preparo la cena.”
L’Orco, borbottando, si riempì una grossa caraffa di vino e più tardi divorò la cena continuando a bere. Poi, dopo aver contato e ricontato le monete del suo tesoro, si addormentò con i piedi sul tavolo.
Di lì a poco tutto il castello rimbombava per il suo russare fragoroso.

L'Orchessa era andata
a preparare il letto e Giacomino,
uscito piano piano dal forno, vide
le monete d'oro sul tavolo, ne riempì
un sacchetto e scappò via senza far rumore.
"Speriamo che non mi veda, altrimenti
mi mangia!" si disse tremando di paura.
Con il cuore che gli batteva forte sia
per la paura di essere inseguito che per
l'emozione di sentirsi ricco, Giacomino
correva sul sentiero sopra le nuvole.

Arrivato alla cima del fagiolo gigante, si calò aggrappandosi ai tralci più lesto che poteva.
Quando mise piede a terra trovò la madre ad aspettarlo.
La povera donna era in ansia per la scomparsa del figlio. Spaventata alla vista della straordinaria pianta, quando vide ricomparire Giacomino, scoppiò a piangere per l'emozione. "Dove sei stato fino adesso? Vuoi farmi morire di paura? Stai bene? E che cos'è questa pianta?..."
Giacomino la interruppe allegro, rovesciando davanti a lei il sacchetto pieno di monete d'oro e dicendo: "Vedi che ho fatto bene a cambiare la mucca con i fagioli magici? Adesso ti racconto...".
E le raccontò per filo e per segno tutto quanto era accaduto.
Nei giorni che seguirono la povera casa della vedova cambiò aspetto.
Le monete d'oro servirono per comprare tante cose che mancavano.
Giacomino e la mamma erano finalmente felici.

Ma con il tempo le monete diminuivano, finché anche l'ultima fu spesa e Giacomino pensò di ritornare al castello sopra le nuvole.
Questa volta il ragazzo si introdusse senza essere visto fino alla cucina, dove si nascose nel forno.
Poco dopo arrivò l'Orco che si mise a fiutare in giro.
"Ucci ucci e uccini, sento odore di bambini!" disse alla moglie.
Ma questa, non avendo visto entrare nessuno, non gli diede retta.
Dopo cena, sul tavolo sparecchiato l'Orco posò una gallina che faceva delle uova d'oro.
Giacomino, dal forno, vide il prodigio e, dopo aver aspettato che l'Orco si addormentasse, saltò fuori, afferrò la gallina e scappò di corsa.
Ma gli schiamazzi della gallina svegliarono l'Orco.
"Al ladro! Al ladro!" si sentì gridare dal castello.
Ma Giacomino era ormai lontano.
Anche questa volta, ai piedi dell'albero, trovò la madre preoccupata ad aspettarlo. "Hai rubato solo una gallina?!" chiese delusa.
Ma Giacomino allegro corse sull'aia davanti alla casa. "Aspetta e vedrai!" rispose.
Infatti dopo un po', con un allegro coccodè, la gallina depose un uovo tutto d'oro. E così ogni giorno la gallina, immancabilmente, faceva un uovo d'oro per i suoi nuovi padroni.
Ormai erano ricchi e la loro casa ben presto si trasformò: squadre di operai cambiarono il tetto, ridipinsero le pareti, aggiunsero stanze e colonne di marmo furono messe ovunque. Poi arrivarono dipinti, mobili, tappeti, specchi e tante altre cose, che trasformarono la misera casa di prima in una splendida dimora. Giacomino e la madre non si erano dimenticati di tutti gli anni in cui erano stati poveri e delle privazioni sofferte. Per questo la loro casa era aperta a tutti e chiunque passava di lì era ospitato e ben accolto.

Ma non sempre la ricchezza basta per essere felici.
La madre di Giacomino ben presto si ammalò… o così sembrava.
Infatti tutti i medici che furono chiamati per visitarla non riuscivano a capire che malattia avesse.
La donna era triste, mangiava sempre meno e sembrava non avere più interesse per tutto quello che la circondava.
Sorrideva di rado e solo quando aveva vicino a sé Giacomino.
Il figlio cercava di consolarla, ma niente sembrava riuscire a scuotere la madre. Vennero chiamati persino i famosi pagliacci di un circo per dare spettacolo, ma anche loro, in cambio dei loro lazzi, ebbero solo un mesto cenno di saluto.
Disperato, Giacomino non sapeva più cosa fare: tutto l'oro che la gallina regalava non bastava a guarire la madre.
Allora gli venne un'idea: "E se tornassi di nuovo dall'Orco? Forse lì potrei trovare il rimedio che mi serve!".
Lo percorse un brivido di paura nel ricordare le sue mani enormi e la sua bocca immensa, ma il pensiero di poter aiutare la madre lo spingeva a tentare di nuovo l'impresa.
Una sera si fece coraggio e si arrampicò di nuovo sul fagiolo gigante.
Questa volta entrò nel castello da una finestra trovata aperta.

Sgattaiolò nel buio fino alla cucina e si nascose dentro una grossa pentola dove rimase fino al giorno dopo.
Dopo il pranzo, l'Orco andò a prendere un'arpa magica, che cantava e suonava in modo meraviglioso e, cullato da questa dolce musica, si addormentò.

Dal suo nascondiglio Giacomino ascoltò rapito la soave melodia e finalmente, quando sentì russare, alzò il coperchio e vide lo strumento prodigioso: un'arpa tutta d'oro.
Lesto si arrampicò sul tavolo e… via di corsa con l'arpa stretta tra le mani!
Ma lo strumento svegliò l'Orco gridando: "Padrone, padrone! Svegliati! Un ladro mi porta via!".
L'Orco si destò di soprassalto, rimase un attimo senza capire, ma poi si mise a rincorrere Giacomino.
Il ragazzo correva più svelto che poteva, ma l'arpa continuava a invocare il padrone.
"Zitta! Zitta! Se suonerai per me, ti troverai molto meglio, te lo prometto!" diceva Giacomino senza fiato per la corsa.
Finalmente arrivò dove il fogliame del fagiolo gigante, spuntando dalle nuvole, aveva creato una fitta macchia. Strisciando, Giacomino arrivò non visto al tronco del fagiolo e, senza fare rumore, si lasciò scivolare giù. Per fortuna l'arpa si era zittita: guai se l'Orco l'avesse visto scendere lungo la pianta del fagiolo!

Quando toccò terra, chiamò la madre: “Guarda cosa ti ho portato!”.

Come per incanto, alla dolcissima musica dell’arpa la madre sorrise felice.

Ma lassù fra le nuvole qualcun’altro aveva sentito il suono incantato e Giacomino si accorse con terrore che la grossa pianta di fagiolo oscillava sotto un peso inconsueto.

“Nascondi l’arpa e portami subito una grossa scure! Devo abbattere la pianta assolutamente prima che arrivi l’Orco!” disse alla madre.

Già si intravedevano gli enormi stivali quando, con un tremendo e assordante tonfo, la pianta crollò trascinando l’Orco in un vicino precipizio, per sempre.

Nel castello l’Orchessa non seppe mai dove era finito suo marito e Giacomino sapeva di non avere più niente da temere.

Il suono magico dell’arpa aveva guarito dalla tristezza la madre, che era di nuovo gaia e contenta.

La gallina continuava ogni giorno a fare un uovo d’oro.

Quanti cambiamenti da quando il ragazzo aveva accettato i cinque fagioli magici!

Ma, senza il suo coraggio e la sua astuzia, non sarebbero mai potuti diventare così felici!

Gli abiti nuovi dell'Imperatore

C'era una volta un Imperatore vanitoso la cui unica preoccupazione era vestirsi con abiti eleganti. Era così vanitoso che cambiava abito quasi ogni ora per sfoggiare la sua ricercatezza.
La voce delle raffinate abitudini del Re si era estesa ben oltre i confini del suo regno e due intraprendenti furbacchioni decisero di approfittare della sua vanità. Si presentarono quindi all'ingresso del palazzo imperiale con un piano ben preciso.
"Siamo due bravi artigiani e, dopo lunghi anni di ricerche, abbiamo messo a punto uno straordinario sistema per tessere una stoffa talmente leggera e impalpabile da sembrare invisibile. Anzi è totalmente invisibile a chiunque sia stupido o non sia all'altezza dell'incarico che occupa!"
Il Capo delle Guardie, nel sentire quello strano discorso, mandò subito a chiamare il Ciambellano di Corte; questi a sua volta avvisò il Primo Ministro che corse dall'Imperatore a riportare l'incredibile notizia.
Curioso, l'Imperatore ricevette subito i due imbroglioni.
"... e poi, Maestà, oltre a essere invisibile, questa stoffa avrà colori e disegni creati solo per voi!"
L'Imperatore si entusiasmò!

Fece dare ai due un sacco di monete d'oro con l'impegno che cominciassero immediatamente il lavoro.
"Chiedete quanto vi serve per produrre la stoffa e vi sarà dato!"
I due impostori chiesero subito un telaio, seta sottile e fili d'oro, poi finsero di mettersi al lavoro.
L'Imperatore credeva di aver speso bene il suo denaro: non solo avrebbe avuto un abito straordinario ma, indossandolo, avrebbe scoperto chi dei suoi sudditi non era adatto al posto che occupava.
Qualche giorno dopo chiamò l'anziano Primo Ministro che era reputato da tutti persona di grande saggezza.
"Va' a vedere come procede la lavorazione della stoffa e torna a riferire!" gli ordinò. Il Primo Ministro fu immediatamente ricevuto.
"Siamo a buon punto! Ma ci serve ancora molto filo d'oro! Eccellenza, ammirate i colori! Sentite che leggerezza!" dissero i due finti sarti.
Il vecchio, chino sul telaio, cercava di vedere la stoffa che non c'era.
Sentiva la fronte bagnarsi di sudore.
"Se non vedo niente, sono proprio stupido!" pensava. Se avesse detto la verità su quanto non vedeva sarebbe stato allontanato per sempre dalla reggia.

“Che stoffa meravigliosa!” disse allora. “Riferirò all’Imperatore!”
I due lestofanti si fregavano felici le mani. Ormai era quasi fatta!
Finché annunciarono all’Imperatore che erano venuti a prendere le misure per cucire l’abito.
“Venite avanti!” ordinò il Re.
I due facevano finta di reggere un grosso rotolo di stoffa.
“Maestà, ecco il frutto delle nostre fatiche, abbiamo lavorato tanto, ma finalmente la stoffa più bella del mondo è pronta. Ammirate i colori, sentite com’è impalpabile!”

L’Imperatore, che naturalmente non vedeva nessun colore, né sentiva niente tra le dita, ebbe un attimo di panico e si sentì svenire. Ma poco dopo tornò subito allegro: nessuno poteva sapere che lui non vedeva la stoffa e che quindi era stupido. Non sapeva, il poveretto, che quanti lo circondavano, pensando di essere gli unici a non vedere la stoffa, si comportavano proprio come lui. Quindi la commedia continuava, così come era stata architettata dai due imbroglioni! Prese le misure, iniziarono a tagliare l’aria con le forbici, mentre, con ampi gesti, muovevano gli aghi, in cui non c’era nessun filo, per cucire l’invisibile vestito.
“Maestà, adesso dovete togliere il vostro abito per indossare quello nuovo.”
I due imbroglioni gli infilarono il nuovo vestito e poi gli porsero uno specchio. Per la verità l’Imperatore si vergognava nel vedersi nudo davanti a tanta gente ma, poiché nessuno dei presenti sembrava accorgersene, si sentì sollevato. “Sì, in effetti è un bel vestito e trovo che mi doni molto!” diceva cercando di mostrarsi a suo agio. “Bravi! Siete stati proprio bravi!”
“Maestà!” disse a questo punto il Primo Ministro. “Desideriamo rivolgervi una supplica: il popolo ha saputo di questa stoffa straordinaria ed è ansioso di vedervi con l’abito nuovo!”

L'Imperatore rimase per un attimo in dubbio: farsi vedere nudo di fronte al popolo! Ma poi scacciò quell'idea assurda! Certo, lui si vedeva nudo, ma nessuno poteva accorgersene!

"Va bene!" disse allora. "Concederò al popolo anche questo privilegio!"

E, ordinata la carrozza da cerimonia, fu formato il corteo con in testa un gruppo di dignitari che scrutava ansioso le facce dei popolani che facevano ala. Sulla piazza principale tutti erano accalcati e spingevano per vedere meglio; un gran battere di mani accolse il corteo regale.

Ognuno voleva sapere quanto incapace o stupido fosse il suo vicino ma, via via che l'Imperatore passava, uno strano brusio si alzava tra la folla. Tutti si premuravano di mormorare, in modo che il vicino potesse sentire.

"Com'è bello l'abito nuovo dell'Imperatore!"

"Che strascico magnifico!"

"I colori! I colori di questa stoffa meravigliosa! Mai visti prima!"

Insomma tutti facevano a gara per mascherare la propria delusione nel non vedere l'abito. E, poiché nessuno voleva ammettere di essere stupido o inadatto al posto che occupava, ognuno si comportava come i due imbroglioni avevano previsto.
Ma un bambino, che non aveva nessuna carica e usava gli occhi solo per vedere, gridò: "Ma non ha niente addosso! Il Re è nudo!".
"Sciocco!" lo richiamò subito suo padre correndogli dietro. "Non dire stupidaggini!" E, riagguantato il marmocchio, se lo portò via.
Dapprima sussurrata tra i vicini, la frase del bambino raggiunse tutti finché alla fine tutti gridarono: "Ma sì, è vero, non ha niente addosso! È nudo!".
L'Imperatore capì finalmente che il popolo aveva ragione, ma non poteva ammetterlo. Meglio continuare la processione con l'illusione che tutti quelli che lo vedevano erano stupidi! E, impettito, rimase in piedi sulla carrozza, mentre dietro di lui un paggio reggeva uno strascico inesistente!

Sei giovanotti in gamba

C'era una volta un giovane soldato di nome Martino che si era arruolato nell'esercito del re per andare a combattere.
La guerra fu lunga ma vittoriosa e, quando il re tornò con le truppe al suo paese abbandonando il territorio nemico, lasciò Martino a guardia dell'unico ponte sul fiume che divideva i due stati.
"Fa' la guardia a questo ponte! E che nessun soldato nemico passi di qui!" fu la drastica consegna.
I giorni passarono, poi i mesi e il soldato continuò a fare la guardia al ponte. Per vivere si faceva dare qualcosa da mangiare dai rari passanti ma, dopo due anni, pensò che ormai si fossero dimenticati di lui e decise di incamminarsi verso la capitale, dove avrebbe chiesto al re di pagargli il salario arretrato. Aveva le tasche vuote e le sue uniche ricchezze erano una pipa, un po' di tabacco e la sua spada.
Dopo qualche giorno si trovò in fondo a una vallata, dove un torrente in piena gli impediva di proseguire. Lì vicino, seduto, vide un omaccione dalle mani grosse come prosciutti, immense spalle e un collo da toro. L'uomo, che stranamente aveva una voce sottile e gentile, disse: "Volete passare dall'altra parte?". Il soldato non chiedeva di meglio.
L'uomo allora sradicò un grosso albero senza alcuno sforzo, improvvisando così un ponte di fortuna. Martino, per ringraziarlo, gli fece fumare un po' del suo tabacco e, saputo che non aveva niente da fare, gli propose di seguirlo. "Vedrai che insieme faremo grandi cose!"
Si erano appena allontanati dalla sponda del fiume, quando incontrarono un cacciatore che stava puntando il fucile su una collina lontana più di un chilometro. "A cosa stai mirando?" chiese il soldato. E il cacciatore: "Vedi quella ragnatela sull'albero in cima alla collina? Voglio centrare il ragno!".

E, detto questo, sparò. Quando tutti e tre arrivarono sulla collina trovarono, al posto del ragno, un grosso buco nella ragnatela. Martino, che in vita sua non aveva mai visto nessuno sparare così bene, propose al cacciatore di unirsi a loro: “Vieni con noi e vedrai che faremo fortuna!”.
Cammina cammina, i tre viaggiatori arrivarono dove le pale di sette grandi mulini a vento giravano vorticosamente benché non ci fosse traccia di vento. Incuriositi dallo strano fenomeno, trovarono più avanti un uomo grasso che, seduto sul ceppo di un albero, si divertiva a soffiare con una sola narice verso i mulini, tenendo l’altra chiusa con un dito.

Ai tre, sbalorditi, l'uomo spiegò che tanta era la sua forza che, quando starnutiva, doveva stare attento a non provocare un uragano.
Il soldato riuscì a convincerlo ad andare con loro.
La città era ormai vicina, quando furono raggiunti da un tale che saltava con le gambe legate. "Chi ti ha legato così?" chiesero in coro. "Mi sono legato da solo!" rispose il giovane, che era alto e molto magro. "Se mi slegassi, non potrei fare a meno di correre veloce come il vento; invece voglio godermi il paesaggio!"
Anche Pie' Veloce, come venne subito soprannominato, si unì alla compagnia.
Ma le sorprese di quel giorno straordinario non erano finite: seduto sotto un albero, un ometto dalla faccia rotonda si teneva accuratamente il cappello sull'orecchio sinistro. "... Se raddrizzo il cappello sulla testa, provoco un tale gelo che anche gli uccelli cadrebbero stecchiti!" fu la straordinaria spiegazione.
Naturalmente nessuno volle controllare il fenomeno; questa volta fu lo sconosciuto a chiedere di unirsi alla compagnia.
Ormai lo strano gruppo era arrivato in città. Fuori dalle mura Martino lesse un bando firmato dalla figlia del re che sfidava in una gara di corsa tutti i sudditi: chi avesse battuto la principessa avrebbe potuto sposarla.
Il soldato, spolverata e pulita l'uniforme in disordine per il lungo viaggio, aiutato dagli amici, riprese un aspetto decoroso e si precipitò a corte.

Voleva concorrere alla mano della principessa, ma al suo posto avrebbe corso Pie' Veloce. La proposta fu subito accettata. La mattina dopo, al nastro di partenza, le gambe di Pie' Veloce furono slegate e il giovane partì come un lampo. Ognuno dei contendenti aveva con sé una brocca che doveva essere riempita a una sorgente lontana, riportandola piena al traguardo. Al ritorno, Pie' Veloce si fermò a cogliere un fiore, ma dopo aver posato delicatamente la brocca in terra, vedendo che la principessa non arrivava, decise di riposarsi un po'. Disgraziatamente si addormentò di un sonno profondo.
Quando più tardi la principessa lo raggiunse, vedendolo addormentato, gli rovesciò la brocca con un calcio, correndo via sicura ormai di vincere.

Da lontano il cacciatore dalla vista acutissima sparò un colpo che raggiunse una zolla a pochi centimetri dall'orecchio di Pie' Veloce.
Questi, svegliato di soprassalto, vide la principessa ormai vicina al traguardo, ma in un lampo tornò indietro, riempì di nuovo la brocca e, veloce come un fulmine, arrivò prima di lei.
Il re era furioso: dare in sposa sua figlia a un miserabile soldato? Giammai! Invitò quindi Martino al palazzo e questi, senza sospettare niente, gli raccontò di quanto tempo era rimasto a far la guardia al ponte. Il re ancor più inviperito nel sentirsi rinfacciare di averlo dimenticato, fingendo di sentirsi in colpa, invitò il soldato e i suoi amici a banchettare in una strana sala da pranzo…
Era strana perché era tutta foderata di ferro, mentre al piano di sotto si apriva un'enorme fornace, che il re ordinò fosse immediatamente accesa. La porta della sala era stata chiusa ermeticamente e il monarca si sedette ad osservare la scena attraverso una grossa finestra, protetta da un vetro infrangibile.
I sei giovanotti non avevano ancora iniziato a mangiare, quando sentirono improvvisamente scottare il pavimento, mentre il calore nella sala aumentava rapidamente.

Ma Martino non si scompose. Il cappello dell'ometto dalla faccia rotonda fu raddrizzato, e poco dopo tutti battevano i denti dal freddo. Inutilmente, da sotto, il re continuava a ordinare che altra legna fosse buttata nel forno: di sopra il soldato e i suoi amici avevano trovato il giusto rimedio alla malvagità del re. Nessuno era mai uscito vivo da quella terribile camera di tortura e il re, questa volta, dovette accettare la sconfitta.

Ma, non volendo rinunciare alla figlia, offrì al soldato una ricompensa purché rinunciasse alle nozze. “Ti riempirò un sacco di monete d'oro e di tante altre cose preziose se rinunci a mia figlia!”
“Accetto!” disse Martino. “Ma sarò io a scegliere il sacco e chi dovrà portarlo!”
Il povero re non aveva fatto i conti con l'enorme forza del più grosso dei sei giovanotti e, quando si trattò di riempire d'oro l'enorme sacco, non bastò tutto l'oro della reggia.
Quando finalmente Martino e i suoi amici, ormai ricchi, si allontanarono, il re era diventato povero.
Una collera terribile si impadronì del monarca, che capì di essere stato beffato dal soldato. Dopo aver chiamato il comandante dell'esercito, ordinò che due reggimenti scelti di cavalleria partissero all'inseguimento di Martino.

Più tardi i soldati raggiunsero i sei giovanotti e li circondarono.
“Restituite tutto l’oro e arrendetevi!” fu la minacciosa richiesta. Ma il più grasso dei giovani si mise a soffiare, a soffiare così forte, che i cavalli e i cavalieri volarono per aria.
In pochi minuti la vasta pianura si riempì del lamento dei feriti: i reggimenti di cavalleria non erano più un pericolo per i sei straordinari giovanotti, che proseguirono tranquilli il loro cammino.
Più tardi si divisero in parti uguali oro e gioielli e ognuno prese una strada diversa.
Martino oltrepassò di nuovo e per sempre il ponte, a cui per tanto tempo aveva fatto la guardia senza ricevere nessuna ricompensa.

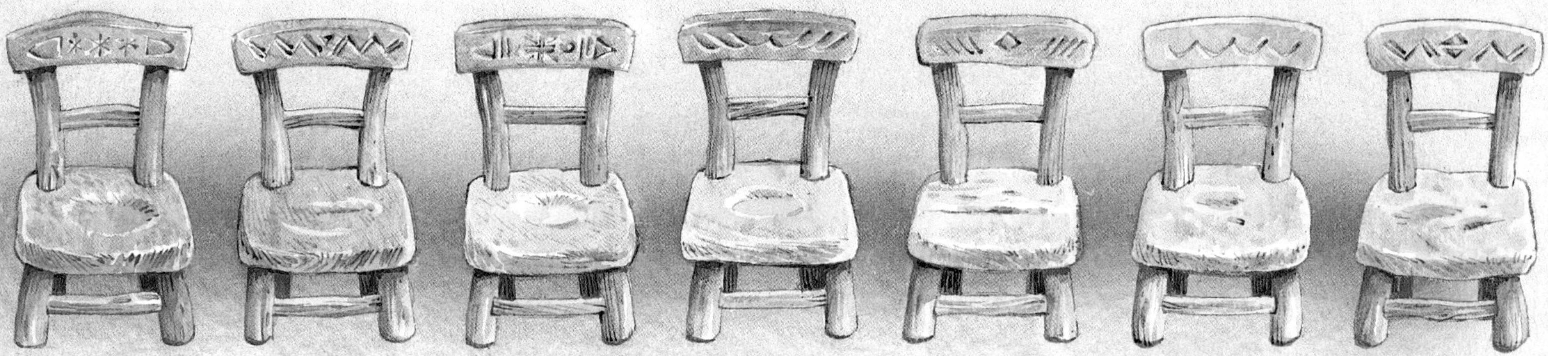

I sette corvi

C'era una volta, in mezzo ad alte montagne, una valle piena di boschi. Un torrente di acqua limpida l'attraversava e sulla sua sponda c'era una casa di pietra, costruita con tanti sacrifici da un boscaiolo. L'uomo si era sposato e aveva avuto sette figli tutti maschi e poi, finalmente, una bambina.
Il suo lavoro lo costringeva ad allontanarsi spesso da casa e la moglie aveva molta difficoltà a educare i figli.
La piccola non dava problemi, perché era buona, carina e ubbidiente.
Erano i maschi a farla disperare: vivaci, rissosi, disubbidienti, spesso irrispettosi verso di lei… erano il suo tormento!
Quando, una volta alla settimana, il marito tornava a casa stanco per il duro lavoro, la povera moglie non aveva il coraggio di raccontargli le malefatte dei figli per non aumentare i suoi problemi. La donna teneva questa grossa pena tutta per sé, senza pensare che, così facendo, i figli non avrebbero potuto che peggiorare. Infatti i ragazzi, quando il padre non c'era, sapendo che non sarebbero stati castigati, continuavano ad approfittare della situazione, peggiorando sempre di più.
La sorellina soffriva più di tutti, perché voleva bene ai suoi fratelli anche se erano cattivi, ma soprattutto voleva bene alla mamma. Però, visto che era così piccola, nessuno dei fratelli dava importanza ai suoi rimproveri.
Un giorno i sette ragazzi combinarono un guaio più grosso delle altre volte. Nel bosco cresceva un'erba pericolosa per la salute degli animali perché faceva loro gonfiare la pancia.

Per questo il boscaiolo aveva sempre raccomandato di fare attenzione che le capre non la mangiassero.
I ragazzi crudeli, dopo averne riempito un bel sacco, lo avevano mescolato al foraggio delle capre e della mucca. Più tardi le bestie cominciarono a star male e, dopo poco, erano distese a terra doloranti, con la pancia gonfia.
"Non potremo più avere latte, né fare formaggi! Come faremo adesso ad andare avanti?!" gridava disperata la povera madre.
I figli ridevano e sghignazzavano senza rendersi conto del male che avevano fatto, finché la donna, al colmo dello sconforto, gridò: "Preferirei foste corvi piuttosto che figli miei!".
A queste parole sembrò che una nuvola oscurasse il sole, l'aria si fece più fredda e al posto dei ragazzi apparvero sette grossi corvi neri che volarono via gracchiando. Dal rimorso e dallo spavento per quanto era successo, la donna fu colpita da un malore.
Quando il padre, il giorno dopo, tornò dal bosco e seppe la verità, rimase impietrito dal dolore: ciò nonostante cercò di consolare la moglie, dicendole che non aveva colpa per la frase terribile che aveva pronunciato. Ma ormai la casa era piena di disperazione e di tristezza.

Passò molto tempo e la bambina divenne più grandicella. Nel cuore aveva sempre il ricordo dei fratelli e raramente sorrideva. Finché un giorno, piangendo, chiese alla mamma il permesso di andarli a cercare.

"Li troverò! Lo sento. Sento che devo andare, che mi aspettano. Mamma, lasciami andare e dammi la tua benedizione!"

La madre non seppe resistere alle preghiere insistenti della figlia e la piccola partì con un fagottino di provviste. Per due giorni camminò nei boschi, salendo sempre più in alto verso le montagne. Ormai non aveva più niente da mangiare, laceri i vestiti, era stanca e infreddolita.

Finché, all'alba del terzo giorno, tra la nebbia vide una strana casetta più piccola del solito su uno sperone di roccia. Qualcosa la spinse a entrare nella casa anche se il suo aspetto tetro non era certo invitante.

Quando fu dentro e vide su un tavolo basso sette piccole tazze, il cuore le batté molto forte: forse li aveva trovati…

Sul fuoco c'era un pentolone dove cuoceva una minestra di chicchi d'orzo e di grano: la bambina, affamata, se ne mise un po' in una tazza e mangiò avidamente. Poi salì al piano di sopra e, aperta una porticina, si trovò in una strana stanzetta: sette piccoli lettini, ognuno con una coperta diversa, si allineavano davanti a lei.
Con le lacrime agli occhi, la piccola capì di aver finalmente trovato i suoi fratelli. Infine, stremata dalla fatica e dalle emozioni, si appoggiò a uno dei lettini e poco dopo si addormentò profondamente.
Più tardi la porta della casetta si aprì di nuovo, spinta da sette becchi impazienti e sette corvi rumorosi sedettero intorno al tavolo.
"Ma qualcuno ha mangiato la nostra minestra!" disse uno, guardando la tazza sporca.
"Chi vuoi che venga quassù?!" rispose un altro.
"Siamo condannati a essere soli su queste montagne per sempre!"
"Nessuno verrà mai a cercarci!"

I corvi, finito di mangiare, si infilarono le berrette da notte e salirono per riposare: ma qui trovarono la bambina che dormiva nel lettino.
“Ma questa è...” disse uno toccando delicatamente col becco una treccia della piccola. “È vero, questa è... è la nostra sorellina!” dissero tutti in coro.

In quel momento la bambina aprì gli occhi e, nel vedersi attorniata dai brutti uccellacci, si spaventò.
Ma da un brutto becco uscì una vocina gentile: "Sei la nostra sorellina?".
La bambina si alzò con le braccia tese e gridò: "Vi ho trovato! Vi ho trovato! Finalmente siamo di nuovo insieme!".
I sette corvi la guardavano con tristezza e uno azzardò: "Non hai paura e ripugnanza di noi?".
La bambina li abbracciava a uno a uno: "Vi voglio tanto bene. Anche se siete diventati corvi, siete sempre i miei fratelli!".
A quelle parole gli uccelli si misero a piangere commossi.
"Perché non tornate a casa?" continuò la sorellina.
"Vorremmo tanto tornare!" risposero in coro gli uccelli. "Siamo pentiti di tutte le malefatte commesse, ma come facciamo a presentarci davanti ai nostri genitori, brutti come siamo?"
"La mamma vi accetterebbe anche così. Ne sono sicura, continua a piangere pensando a voi" rispose la bambina.
L'insistenza della bambina riuscì a far sparire i dubbi e a convincere i sette fratelli a ritornare a casa.
"Non dovrai più faticare su e giù per le montagne come hai fatto all'andata. Per tornare ti porteremo noi volando!"

Stavano per partire, quando il più piccolo dei fratelli ricordò: “Aspettate! Aspettate! Portiamo come regalo alla mamma tutte le pietruzze luccicanti che abbiamo trovato!”.
“Che belle!” disse la bambina quando si vide portare il sacchetto in cui i fratelli avevano nascosto il loro tesoro. “Ti piacciono?! Forse sono anche preziose! Noi corvi, come le gazze, appena vediamo qualcosa che luccica, non riusciamo a trattenere l’impulso di prenderlo!”
“Questo luccica più degli altri! Guardate! Forse è un diamante!”
Finalmente partirono. Com’era diverso il mondo visto dall’alto!
Dapprima la bambina aveva paura, ma i sette corvi volavano sicuri tenendola saldamente e a un tratto videro finalmente la valle, il torrente e la casetta in cui erano nati.
L’aia era deserta e la piccola, quando furono a terra, disse ai fratelli:
“Voi aspettate qui! Vado io a chiamare la mamma!”.
Dopo essere entrata silenziosamente in cucina, vide la povera donna che piangeva appoggiata al tavolo. L’abbracciò all’improvviso e la baciò dicendole: “Mamma sono tornata e ho una grande sorpresa per te!”.
“Finalmente! Avevo paura di averti perso!”
La povera donna non sapeva più se ridere o piangere.
Poi nel cortile trovò i corvi: “Poveri figli miei! Come mi siete mancati! Come sono pentita di quello che ho detto! Mai una madre dovrebbe pensare una cosa così cattiva per i suoi figli!”.

"Anche noi! Anche noi! Siamo pieni di rimorso per la cattiveria che abbiamo dimostrato..."
E tutti rimpiangevano il passato...
Fu allora che, improvvisamente, avvenne un nuovo prodigio: i sette fratelli cambiarono aspetto e tornarono ragazzi.
Il padre richiamato dal gran vociare accorse: "Oh, che giorno bellissimo è oggi... Finalmente rivedo i miei figli!".
E anche lui si trovò abbracciato ai ragazzi ritrovati.
Passarono gli anni e di questa commovente vicenda rimasero come ricordo solo le sette berrette di lana che i corvi si erano portate dal loro rifugio.
Ma per fortuna di tutti nel sacchetto due delle pietruzze erano preziose e, dopo essere state vendute, permisero a tutta la famiglia di vivere più agiatamente che nel passato.

Il gatto con gli stivali

C'era una volta un mugnaio che quando morì lasciò ai suoi tre figli un mulino, un asino e un gatto.
Il figlio maggiore fu il più soddisfatto perché gli toccò il mulino; il secondo ebbe l'asino e decise di partire in cerca di fortuna; al terzo, il più giovane, toccò invece il gatto.

Il giovane, dopo la spartizione, si sedette avvilito su una pietra e sospirando pensò: "Un gatto… cosa me ne faccio?".
Ma, con suo grande stupore, si sentì rispondere: "Padrone, non affliggetevi. Credete che valga meno di un mulino cadente o di un asino spelacchiato? Datemi un sacco, un paio di stivali e un cappello piumato e vedrete che farò grandi cose per voi!".
Il gatto parlò ancora a lungo e convinse il giovane a dargli quanto chiedeva. Finché, indossati stivali e cappello, si avviò allegro verso il bosco.
"Ci vedremo presto!" disse al suo padrone.
Nascosto dietro un albero, attese con pazienza finché gli capitò a tiro un coniglio selvatico. Con un balzo gli saltò addosso, lo infilò nel sacco e si incamminò verso la reggia.
Alle guardie che lo fermavano disse di dover consegnare un regalo.
A quel punto fu fatto passare e si presentò al cospetto del Sovrano.
"Il marchese di Carabas vi invia un magnifico coniglio selvatico appena cacciato!" disse con un profondo inchino.
Poi aggiunse: "A domani, Maestà!".
E se ne andò.

Nei giorni che seguirono continuò a portare a corte, sempre a nome del marchese, lepri, pernici e altra cacciagione.
La Regina, che non aveva mai sentito nominare il marchese, disse al Re: “Quanto è gentile questo marchese di Carabas!”

Tutti alla reggia cominciarono a dire: "Deve essere un bravissimo cacciatore!"
"E molto devoto al Re!" aggiungevano altri.
Sempre più incuriosita, la Regina un giorno chiese al gatto: "Il tuo padrone è giovane?".
"Giovane, Maestà, e anche bello!" rispose pronto il gatto.
"E… è anche ricco?" continuò la Regina.
"Certo che è ricco! Anzi, ricchissimo! E sarebbe felice di ricevere le loro Altezze nel suo castello!"
Il Re e la Regina, curiosi di conoscere finalmente il misterioso marchese così premuroso con loro, accettarono volentieri. Soprattutto la Regina voleva saperne di più: se davvero il giovane era bello, ricco e gentile come sembrava, forse sarebbe stato il marito ideale per sua figlia.
Quel giorno il gatto arrivò trafelato dal suo padrone: "Il Re e la Regina vogliono conoscervi e verranno a trovarvi!".
"A trovare un poveraccio come me?! Mi faranno bastonare!"
Ma il gatto rispose subito: "Non preoccupatevi! Ho in mente un piano che sistemerà tutto!".
Qualche giorno dopo, il gatto venne a sapere che il Re e la Regina avrebbero fatto una gita in carrozza per mostrare alla figlia le campagne circostanti.
Subito tornò dal suo padrone e gli disse: "Padrone, preparatevi!".
"Prepararmi a cosa?" rispose il giovane.
"A fare un bagno nel fiume" continuò il gatto.
"Ma io non so nuotare!" disse ancora il giovane.
"Tanto meglio! Seguitemi!" fu la risposta del gatto.

Il giovanotto, sempre più confuso, non riusciva a capire quale fosse il piano del gatto; ma ormai aveva fiducia in lui e non fece altre domande.
Arrivarono in riva al fiume e, quando videro avvicinarsi la carrozza del Re scortata dai cavalieri, il gatto esclamò: “Coraggio, padrone, spogliatevi e buttatevi in acqua!”.
Poi, nascosti i miseri abiti del giovane dietro un cespuglio, cominciò a urlare: “Aiuto! Il marchese di Carabas sta annegando!”.
Le grida furono sentite dai cavalieri della scorta e il Re ordinò loro di soccorrere il povero giovane che stava annegando davvero.
Quando fu tratto a riva, il Re, la Regina e la Principessa gli si fecero attorno.
“Portate subito un abito nuovo per il marchese di Carabas!” ordinò il Re.
La Regina intanto diceva alla Principessa: “Meno male che si è salvato! Un così bel giovane! Non ti sembra? E poi così nobile d’animo!”.
La Principessa annuì: “È vero, mamma, è proprio bello!”.
Il Ciambellano, che aveva capito la situazione, esclamò: “È giovane e bello, ma bisogna vedere se è ricco!”.
Il gatto, che era lì vicino, nel sentire queste parole rispose subito: “Ricchissimo! Tutte le terre che vedete qui intorno sono sue e suo è anche quel castello laggiù! Corro avanti a prepararvi una degna accoglienza!”.
Si mise così a correre, gridando ai contadini che lavoravano nei campi: “Se vi chiedono chi è il vostro padrone, rispondete: ’È il marchese di Carabas!’, altrimenti sarete bastonati!”.
Così, quando poco dopo passò la carrozza, al Re che chiedeva di chi fossero quelle terre, i contadini risposero che il loro signore era il marchese di Carabas.

Nel frattempo il gatto era arrivato di corsa a un castello, dimora di un tremendo, gigantesco e crudele Orco.
Nel bussare al portone, il gatto pensò: "Devo stare attento o non uscirò vivo da qui!". Quando la porta fu aperta, togliendosi il cappello piumato esclamò: "Messer Orco, i miei omaggi!".
"Che vuoi, gatto?" chiese sgarbato e minaccioso l'Orco.
"Mi hanno detto che avete grandi poteri. Che potete addirittura trasformarvi in leone o in elefante!"
"È vero" rispose il terribile Orco, gonfiandosi d'orgoglio. "E allora cosa vuoi?"
"Discutendo con certi amici, ho scommesso che però voi non potete trasformarvi in una bestia molto piccola, per esempio un topolino" riprese il gatto.
"Ah! E sei qui per sapere se hai ragione?" chiese l'Orco.
Il gatto, tremando di paura, fece segno di sì e aggiunse: "Di solito chi sa fare le cose grosse non sa fare quelle piccole!".
"Adesso ti farò vedere io!" replicò l'Orco arrabbiato e, in un attimo, si trasformò in un topolino. Il gatto allora gli balzò addosso e se lo mangiò in un solo boccone. Corse poi all'ingresso del castello, appena in tempo, perché stava arrivando la carrozza del Re.
"Benvenuti nel castello del marchese di Carabas!" disse spalancando il grande portone.
La Regina entrò tenendo sottobraccio il giovane mugnaio e gli chiese: "Caro marchese, voi non siete sposato, vero?".
Il giovane rispose: "No, Maestà, ma sarei molto felice di avere una moglie!". E così dicendo fissò a lungo la bella Principessa, che gli sorrise a sua volta.
Il piano ideato dal gatto si stava realizzando e di lì a poco furono celebrate le nozze fra il giovane, che ormai era diventato per tutti il marchese di Carabas, e la figlia del Re.
Il grande castello dell'Orco diventò la loro dimora e il gatto rimase il fedele consigliere del giovane. Ogni tanto, quando erano soli, strizzando l'occhio gli sussurrava: "Visto, padrone? Valgo più di un asino spelacchiato e di un vecchio mulino cadente!".

Til Ulenspighel

C'era una volta, più di cinquecento anni fa, un bambino molto allegro di nome Til Ulenspighel. Aveva una faccia simpatica e curiosa e un carattere molto vivace. Tanto vivace… da combinarne di tutti i colori! Quando nacque, i suoi genitori non potevano certo immaginare che sarebbe diventato famoso per le sue monellerie! Til si divertiva a prendere in giro la gente ed escogitava sempre qualche nuovo scherzo.

Spesso i vicini andavano nell'officina del padre, che faceva il fabbro, a lamentarsi. "Caro mastro Ulenspighel, avete un figlio veramente maleducato!" gli dicevano.

Il padre non dava molto peso a queste voci.

"È un bambino vivace, crescendo gli passerà!" pensava.

Ma, giorno dopo giorno, le lamentele continuavano.

Alla fine il padre, spazientito, chiamò Til e gli disse:

"Sono stanco delle tue malefatte! Nessuno parla bene di te! Se non cambi, ti punirò duramente!".

Ma il figlio era già pronto a rispondergli con aria innocente: "Io non do fastidio a nessuno! Sono gli altri che ce l'hanno con me! E non capisco perché...".
Ma il padre gli disse bruscamente: "Bene! Vedremo se hai ragione! Domani andremo insieme al mercato. Guai a te se ne combini una delle tue!".
Ma Til durante la notte aveva già pensato a un altro dei suoi scherzi.
Infatti, il mattino seguente, appena salito sul cavallo dietro al padre, si era attaccato alle spalle un cartello sul quale aveva scritto: "SCEMO CHI LEGGE".
Arrivarono al mercato e, man mano che passavano tra la gente, tutti, leggendo il cartello, si indispettivano.
Molti, offesi dalla scritta, insultavano a loro volta il ragazzo, finché il padre, che non si era accorto del cartello, disse meravigliato al figlio: "Hai proprio ragione, la gente non ti vuol bene! Monta davanti a me! Se continuano ad insultarti, mi sentiranno!".
Til si spostò, ma senza farsi vedere dal padre, si appese il cartello sul petto e gli insulti quindi continuarono.
Il padre, che non riusciva a capire il motivo di tanto astio, non poté fare a meno di dire: "Mi dispiace che gli altri ce l'abbiano tanto con te! Solo tuo padre ti vuole bene!". E gli stampò un bel bacio sulla guancia!

Til continuò così a fare scherzi a tutti, ma il padre non lo rimproverava più per le lamentele che riceveva.
In quel periodo una carovana di girovaghi si era fermata in città: saltimbanchi, pagliacci e acrobati di ogni tipo si esibivano nelle strade.
A Til erano piaciuti molto gli acrobati, soprattutto quando, con una pertica in mano, si avventuravano in equilibrio sulla corda!
Una volta chiese a uno di loro se poteva provare, ma rimediò solo un secco rifiuto. Allora andò nel bosco, legò una fune a due alberi e si esercitò da solo.
A piedi nudi per mantenere meglio l'equilibrio, cominciò a provare: cadde molte volte, ma piano piano riuscì a migliorare finché gli sembrò di essere diventato bravo come gli acrobati del circo. Si sentì allora pronto a dare spettacolo e cominciò a girare per le strade, gridando a squarciagola: "Venite tutti a vedere l'acrobata Til camminare sulla corda!".
La gente, nel sentire che avrebbe eseguito un esercizio così pericoloso, accorse numerosa sperando di vedere quel birbante cadere.
Til aveva legato un capo della corda al balcone di casa e l'altro a un albero oltre il fiume. Fra il silenzio della gente aveva appena iniziato a camminare sulla fune sospeso sull'acqua, quando sul balcone comparve la madre, che non sapeva niente di quanto stava combinando il figlio.
Impietrita dalla paura nel vedere il figlio ondeggiare con la pertica in mano, la donna ebbe appena la forza di gridare: "Til! Scendi subito di lì!".

Ma, visto che il ragazzo non le obbediva e continuava imperterrito il suo esercizio, si arrabbiò e senza pensare alla gravità del suo gesto, prese un paio di forbici e tagliò la fune. Til cadde nel fiume e, visto che per fortuna sapeva nuotare, raggiunse la riva.
La gente era contenta. Tutti ridevano contenti e schernivano il ragazzo.
Qualcuno gridò: “Ehi, acrobata! Meno male che sotto la corda c’era l’acqua e non la terra, altrimenti a quest’ora avresti la testa rotta!”.
Altri dicevano: “Ben ti sta! Questa è la giusta punizione per tutti gli stupidi scherzi che ci hai fatto!”.
Til, uscendo tutto bagnato dal fiume, non sembrava né triste né mortificato.
Anzi, nel vedere tutta la folla intorno che lo prendeva in giro, esclamò:
“Vi farò vedere io di che cosa sono capace!”.
Benché tornando a casa avesse preso per la sua bravata due ceffoni, uno dal padre e uno dalla madre, Til non intendeva rinunciare alla sua impresa.
Anzi, decise di dimostrare la sua abilità di acrobata nella piazza principale!

Il ragazzo colse
subito l'occasione quando i suoi
genitori si assentarono per andare a trovare alcuni
parenti. Corse nelle strade per annunciare la sua esibizione
e di nuovo una gran folla si radunò per vederlo camminare sulla corda...
Questa volta volle rendere l'esercizio più difficile e chiese a tutti:
"Datemi ciascuno una delle vostre scarpe. Le metterò in questo sacco
che terrò sulle spalle quando camminerò sulla corda!".
Ridendo e sghignazzando tutti gli porsero una scarpa e Til cominciò
la sua acrobazia. Ma quando fu al centro della piazza sopra la gente,
rovesciò sulle loro teste il contenuto del sacco.

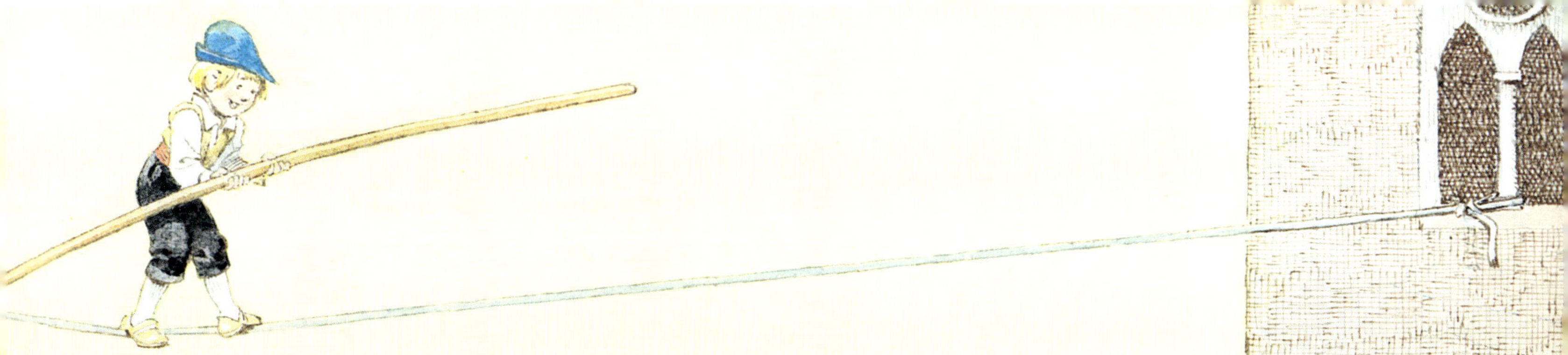

Scoppiò subito un gran parapiglia: fra urla e spintoni ognuno cercava di ritrovare la propria scarpa e ben presto si scatenò una rissa generale. In pochi minuti dagli insulti si passò alle percosse, mentre Til, che aveva finito il suo esercizio ed era arrivato al sicuro sul campanile, si godeva la scena.

“Ecco, bene, picchiatevi! Tanto avete tutti la testa dura!”

Da quel giorno sono passati diversi secoli, ma ogni generazione si è sempre tramandata il ricordo di questa beffa clamorosa, fatta a un’intera città da un piccolo ragazzo!

La volpe, il serpente e il contadino

C'era una volta un contadino che, tornando a casa, udì un fioco lamento: "Aiuto! Aiuto!". Si guardò intorno e, fatto qualche passo, si accorse che il richiamo veniva da sotto un grosso masso. Si avvicinò e vide un grosso serpente che, finito in un buco, per quanti sforzi facesse non riusciva a smuovere la pesante pietra per liberarsi. Il contadino, spaventato alla vista del serpente, stava per scappare, ma l'animale cominciò a pregarlo: "Ti scongiuro, aiutami a uscire da questo buco!".

"Aiutarti?" disse il contadino. "Mai! Appena liberato, saresti capace di mordermi!"

"Come puoi pensare una cosa simile?" continuò il serpente. "Non lo farei mai! Anzi, ti sarei per sempre riconoscente! Liberami, per pietà!"

Il contadino rimaneva dubbioso, ma tante furono le implorazioni che si lasciò convincere e spostò il masso. Appena liberato, il serpente strisciò verso di lui e cercò di morderlo.
L'uomo si scansò con un salto e gridò: "Perché mi mordi dopo che ti ho salvato? Avevi promesso di essere riconoscente…".
Ma il serpente, fissandolo con i suoi freddi occhietti, gli rispose: "Povero stupido! A questo mondo la cattiveria è la ricompensa che riceve chi fa una buona azione!".
Il contadino, furioso, non era d'accordo. "Non è vero! Se qualcuno mi fa del bene, io gliene sono grato e, appena possibile, lo ricambio!"
Il serpente rispose: "Non sono d'accordo e ti dimostrerò che sbagli. Andiamo verso il villaggio e se per strada troveremo qualcuno che la pensa come te, non ti morderò!".
Il contadino accettò la proposta e fu così che i due si avviarono insieme.
Poco dopo incontrarono un vecchio cavallo, zoppo e malandato, che avanzava a fatica. Il contadino subito gli chiese: "Ascolta amico, secondo te come viene ricompensata una buona azione?".
Il cavallo non ebbe esitazioni: "Sempre con una cattiva azione! Io per esempio ho servito fedelmente per anni il mio padrone, ma ora che sono vecchio mi trovo abbandonato su una strada, senza una stalla calda per dormire né un po' di biada da mangiare!".

Il serpente cominciò a sorridere soddisfatto e si rivolse al contadino: "Hai sentito? Vedi che ho ragione! Ora posso morderti senza rimorsi!".
Ma il contadino non si dette per vinto: "Aspetta! Ascoltiamo l'opinione di qualcun altro! Come possiamo accettare per buono il parere di un cavallo così vecchio?".
Serpente e contadino si rimisero quindi in viaggio.
Erano appena entrati nel bosco, quando incontrarono una pecorella, che alla domanda del contadino rispose: "Una buona azione è sempre ripagata con una cattiveria. Pensa al mio caso! Io seguo sempre il mio padrone senza lamentarmi, gli obbedisco sempre, gli do anche il mio latte e lui in cambio mi tosa d'inverno, facendomi soffrire il freddo e mi lascia la lana d'estate, facendomi morire di caldo!".

Il serpente soddisfatto si avvicinò di nuovo: "Adesso ti mordo!".

"No, aspetta!" rispose l'uomo. "Come possiamo fidarci del parere di una pecora così giovane? Proviamo ancora una volta: se troveremo qualcuno che mi darà ancora torto, mi lascerò mordere senza protestare!"

Più avanti, seminascosta tra i cespugli, c'era una grossa volpe. Il serpente non si accorse della sua presenza, mentre il contadino la notò subito. Si allontanò allora con una scusa e si avvicinò alla volpe, cui spiegò in che guaio si era cacciato per il suo buon cuore. "Devi aiutarmi a ingannare il serpente: digli che una buona azione viene sempre ripagata con un'altra buona azione! Se accetti, ti regalerò due grosse oche!"
La volpe, cui era già venuta l'acquolina in bocca nel pensare alla ricompensa promessa, accettò felice.
"Corri avanti, adesso, e fatti trovare lungo la strada! Dovrà sembrare un caso incontrarti!" disse allora il contadino.
Il serpente lo stava aspettando impaziente e, quando l'uomo tornò, ripresero insieme il cammino; ma ecco farsi loro incontro la volpe.
"Una volpe?!" esclamò il contadino. "Accetterò senz'altro il parere di un animale così intelligente!"
Quando ebbe ripetuta la domanda, la volpe, come d'accordo, rispose: "Hai ragione! Ogni buona azione viene sempre ricompensata!". Ma aggiunse: "Perché me lo chiedi?".
Il contadino cominciò allora a spiegare. "Questo serpente era prigioniero in un buco chiuso da una grossa pietra, io l'ho aiutato a liberarsi e, per tutta ricompensa, adesso vuole mordermi!".
La volpe guardò il serpente e disse: "Uhm! Credo che un serpente riesca sempre a strisciare sotto un masso!".

"Ma era un masso pesante!" protestò il serpente. "E aveva chiuso l'uscita della mia tana!"
"Non ci credo!" disse la volpe. "Andiamo sul posto a vedere!"
Così il contadino, il serpente e la volpe ritornarono sui loro passi e si fermarono nel punto dove il serpente era stato liberato.
Indicando il masso, il serpente disse: "Vedi, era proprio lì!". E indicò l'uscita della tana.
La volpe scosse ancora la testa: "È una bugia! Un serpente grosso come te non può entrare in un buco così piccolo!".
La serpe, molto seccata, ribatté: "Ah no? Ebbene, guarda qua!". E con un guizzo entrò nella tana.
Allora la volpe gridò all'uomo: "Svelto! Fai rotolare il masso e chiudila di nuovo dentro!".
Così il serpente fu di nuovo imprigionato nella sua tana.
Il contadino si asciugò il sudore dalla fronte e poi ringraziò la volpe.
"Sei proprio astuta! Mi hai liberato da questa serpe malvagia! Oggi hai fatto veramente una buona azione!"
"Anch'io sono molto contenta perché adesso mi sono guadagnata due belle oche!" rispose la volpe.
"Ma certo!" fece il contadino. "Vieni questa sera alla mia fattoria e avrai quello che ti devo!"
Così quella sera la volpe andò a cercare il contadino alla sua fattoria.
Ma quando fu vicina alla casa sentì un ringhio minaccioso e, dopo un po', l'uomo venne fuori con un fucile in mano e due grossi cani al guinzaglio.

"Presto, prendetela! Così mi farò un bel bavero con la sua pelliccia!" gridò poi il contadino ai due cani.
La volpe, correndo via così veloce come mai aveva fatto in vita sua, pensava: "Aveva proprio ragione quel serpente! Ogni buona azione viene sempre ripagata con una cattiva azione!".

La spada di Watanabi

C'era una volta nell'antica città giapponese di Kyoto, una feroce strega che incuteva paura a tutti gli abitanti. La strega aveva preso possesso della torre che dominava la porta della città. La teneva aperta o chiusa a suo piacimento: poteva, volendo, serrarla davanti alle carovane che portavano viveri e mercanzie, o spalancarla di fronte alle selvagge tribù del nord che venivano a saccheggiare.

Molti samurai, cioè i guerrieri più forti e abili, avevano affrontato inutilmente la strega. Questa, appena scorgeva un avversario che si avvicinava alla torre, usciva furiosa e con una spada che sprizzava lingue di fuoco lo uccideva.

Ormai sembrava che non ci fosse più speranza per la città di Kyoto e molti pensavano di abbandonarla.

La gente, disperata, diceva: “I nostri samurai sono morti tutti! Se Watanabi fosse ancora vivo! Era lui il più valoroso! Purtroppo non ci rimane che la sua spada, e nessuno è capace di usarla!”.

Del coraggioso Watanabi non era rimasta però solo la spada: c’era anche suo figlio, un bambino vivace e coraggioso.

Nell’ascoltare i discorsi preoccupati della gente, il ragazzo pensò: “Mio padre non c’è più, è morto combattendo, ma c’è ancora la sua spada. La prenderò e affronterò la strega. Che io vinca o che muoia, sarò degno della memoria di mio padre!”.

Senza dire niente a nessuno, prese la spada e si avviò verso la torre.

La strega, nel vederlo avvicinarsi, sogghignò: “Adesso mandano anche i bambini, ah ah!”. E decise che con quel ragazzo non avrebbe usato la spada di fuoco, perché sarebbe bastato il suo terribile sguardo ad incenerirlo.

Non badò dunque al figlio di Watanabi che, senza far rumore, salì in punta di piedi la scala della torre ed entrò nella stanza della strega.

Quando la donna sentì aprire la porta, si voltò, guardando il ragazzo con i suoi occhi di fuoco.

Ma un raggio di sole riflesso sull’acciaio della spada abbagliò per un attimo la strega, che socchiuse gli occhi.

Proprio allora il piccolo, raccolte le proprie forze, vibrò un sol colpo che la uccise.

In memoria del nobile padre e in onore della sua temibile spada, il ragazzo aveva liberato la città.

Il re del lago

C'era una volta un forte e coraggioso guerriero chiamato Hito: non aveva paura di niente e di nessuno, ma in tutte le guerre che aveva combattuto si era sempre trovato dalla parte dei perdenti.
Tra la gente cominciò a insinuarsi il dubbio che fosse lui a portare sfortuna. Nessuno volle più assoldarlo e, dopo qualche tempo, il samurai non ebbe altra scelta che lasciare il suo paese. Dopo avere messo qualche provvista in un sacco e riempito un piccolo otre di vino, si allontanò armato della fida spada, del suo arco e di tre frecce. Cammina e cammina, dopo qualche giorno giunse sulle rive di un grande lago. Uno stretto ponte attraversava un fiume impetuoso che lo alimentava. Hito si fermò stupito: un enorme serpente che sembrava addormentato occupava il ponte per tutta la sua lunghezza. Dalla bocca socchiusa dell'animale usciva fumo e qualche lingua di fuoco.

Il guerriero non si spaventò. "Non sarà certo questa bestia a fermarmi!" disse dentro di sé e, in punta di piedi per non svegliarlo, scavalcò con coraggio il serpente. Ma aveva percorso solo pochi passi quando udì una voce alle sue spalle: "Samurai, aspetta! Voglio parlarti". Hito si girò, ma il serpente non c'era più: al suo posto vide un uomo imponente dai ricchi abiti.
"Sei coraggioso!" si sentì dire. "Non hai avuto paura del serpente. Vedi, io sto cercando un samurai di grande valore e mi trasformo in serpente per metterlo alla prova. Finora tutti sono fuggiti. Tu solo hai avuto l'audacia di scavalcarlo!"
"Ma tu chi sei?" gli chiese Hito.
"Sono un re, e dopo questo ponte comincia il mio regno! Ma un drago enorme da molto tempo esce dalle acque del lago, divora tutti quelli che incontra sulla sua strada e non torna a immergersi finché non è sazio! I miei sudditi scappano sempre più lontano, abbandonando queste acque piene di pesci, dove un tempo tutti pescavano felici!"
Hito sorrise: "Credo di capire cosa vorresti da me!". "È vero!" rispose il re. "Ho bisogno di un samurai che affronti il drago e lo uccida! Se ci riuscirai, potrai chiedermi tutto quello che vuoi!" Il samurai scosse la testa, perplesso: "Non è il coraggio che mi manca, ma sembra che io porti sfortuna a tutti quelli per cui combatto; non vorrei riservare anche a te la stessa sorte!"

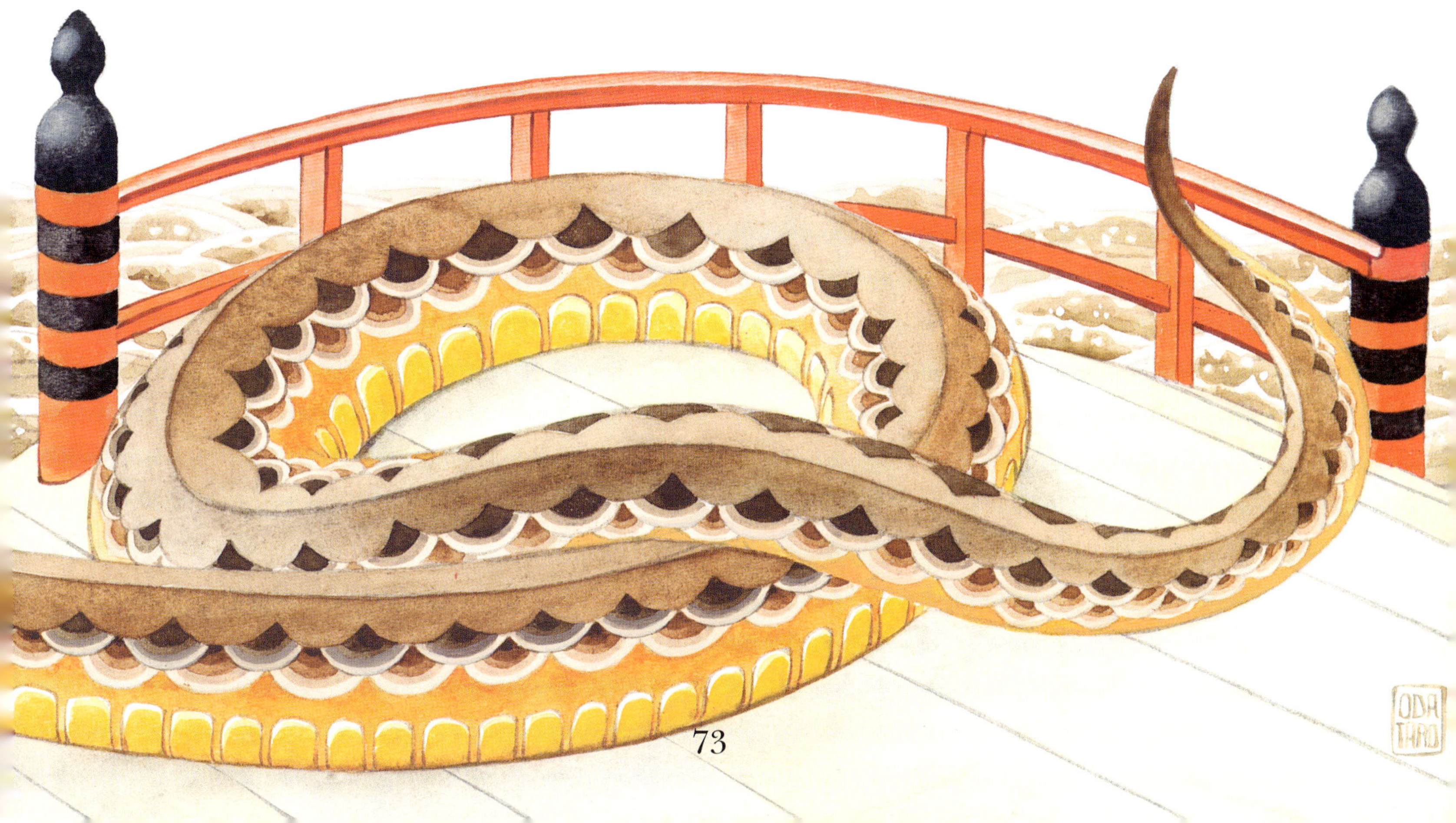

Il re gli mise una mano sulla spalla: "Vieni con me fino al mio palazzo.
Lo spavento e la desolazione che troverai lungo il cammino ti convinceranno che sei la nostra ultima speranza!".
Il re condusse quindi Hito fino al palazzo reale; ma proprio in quel momento dalle strade vicine salirono sempre più forti grida di spavento. Anche il re impallidì: "Ecco, sta arrivando!". Il samurai bevve con calma la sua tazza di sakè, poi andò incontro al drago che si avvicinava sempre più inferocito.
La prima freccia colpì precisa la gola del mostro, ma non fece che aumentare la sua furia. La seconda ottenne solo l'effetto di fargli sputare fuoco dalle fauci con più rabbia. Ancora pochi passi e gli artigli avrebbero ucciso il samurai.
"Mi resta solo una freccia..." pensò Hito. "Se sbaglio anche questa..."
Ma improvvisamente si ricordò di quando, bambino, ascoltava il nonno che raccontava le proprie gesta di famoso guerriero: "... pochi sanno che la saliva dell'uomo è un veleno mortale per i draghi!".

Svelto, mise in bocca la punta dell'ultima freccia; poi, tirato con forza l'arco, colpì il drago ancora una volta al petto. Ma il mostro non si fermò: il samurai fece appena in tempo a balzare di lato per evitare l'attacco del feroce avversario. Stava per sguainare la spada pensando di non avere ormai più speranze, quando improvvisamente il drago cadde a terra.

L'incubo era finito: increduli, gli abitanti iniziarono ad avvicinarsi. Anche il re arrivò esultante. Ma il più incredulo di tutti nel vedere il drago morto fu Hito, che aveva sconfitto non solo il mostro, ma anche la sfortuna.

La leggenda del drago rosso

Narra un'antica leggenda cinese che una volta, insieme agli altri animali, viveva sulla terra anche un grande drago rosso. Il drago era di carattere mite e aveva un solo difetto: era molto curioso. Ogni sera, prima di addormentarsi, sdraiato sulla riva del fiume dove viveva, osservava a lungo la luna e si chiedeva da quali animali fosse abitata. Desiderava esplorarla così tanto, che un giorno decise di partire. Quando diede la notizia agli altri animali, tutti gli si affollarono intorno per partire con lui.
"Devi portarmi!" gli disse il coccodrillo. "Dopotutto siamo lontani parenti. Tutti e due abbiamo una lunga coda e siamo coperti di scaglie, quindi apparteniamo alla stessa famiglia!"
"Ti prego, fammi venire con te!" gli chiese la giraffa. "Quando arriveremo sulla luna, ti precederò come esploratrice. Con il mio lungo collo vedrò i nemici da lontano e ti avviserò dei pericoli..."
"Se mi porti, non te ne pentirai!" gli disse il rinoceronte. "Il mio lungo corno e la mia forza ti potranno essere utili se sulla luna incontrerai dei nemici. Sai bene che nessuno mi resiste quando carico!"
Il drago, convinto da queste motivazioni, accettò. Anche l'elefante si schiarì la gola e con fare solenne si rivolse al drago: "Amico, come ben sai gli elefanti vivono più di cento anni! Ecco perché diventano così saggi. Ti accompagnerò in questo lungo e difficile viaggio per aiutarti con i miei preziosi consigli".
Il drago non osò rifiutare, e fece posto anche a lui.
Poi salì sulla sua groppa l'ippopotamo, a cui il drago aveva riservato un posto perché era il suo migliore amico: vivevano sulle sponde dello stesso fiume.

Per ultima, tra gli animali che si era radunata intorno al drago in partenza, si fece avanti la iena.
“Permesso! Fate passare!” gridava con la sua voce stridula.
“E tu, perché credi che ti porterò?” le chiese il drago incuriosito.
“Perché sono la iena che ride e vi terrò allegri raccontandovi storie divertenti!”
Il drago fece posto anche a lei, poi spiccò il volo. Battendo le ali, si diresse verso la luna. Ma, come potete immaginare, non fece molta strada.
Gli animali sulla sua groppa sembravano diventare sempre più pesanti e, benché il povero drago volasse da ore, la luna non si avvicinava.
Quando infine si accorse che le ali non lo reggevano più, dovette arrendersi.
Piano piano, planando ad ali tese, discese a terra per sbarcare i passeggeri.
Poi, mogio mogio, ritornò al fiume. Ma lì, riflessa nell’acqua, vide la luna…
“Se non sono riuscito a raggiungere la luna che brilla nel cielo,” disse “allora raggiungerò quella che si trova sul fondo del fiume!” e si tuffò tra le onde, prima che l’ippopotamo, suo amico, potesse fermarlo…
E non riemerse mai più. Ecco perché, conclude la leggenda, oggi sulla terra non esistono più draghi rossi…

Vardiello

C'era una volta una povera vedova di nome Grannoia che aveva per figlio un ragazzo di nome Vardiello. Benché alla madre il bambino sembrasse normale, tutti pensavano fosse un po' stupido. Anzi, il più stupido del paese. Vardiello continuava a combinare disastri di tutti i generi, ma la povera donna, che gli voleva molto bene, ogni volta lo perdonava. Un giorno la mamma dovette assentarsi per andare a trovare una parente malata e prima di partire raccomandò ancora una volta al figlio di non combinare guai. "Starò via fino a stasera; mi raccomando quindi di controllare che la chioccia non si muova, perché sta covando le uova. Tieni la casa in ordine e stai attento a quel vaso rosso che è nell'armadio: è pieno di veleno, non toccarlo!"

"Sta' tranquilla, mamma!" rispose il ragazzo e, appena la donna se ne fu andata, scese nel cortile per far la guardia alla chioccia.
Arrivò mentre la gallina, stanca di covare, stava facendo quattro passi nell'aia.
Vardiello, preso un bastone, iniziò a urlare: "Torna subito sulle uova, bestiaccia!".
La chioccia, alle urla del ragazzo, rispose con un tranquillo: "Coccodè!".
Ma Vardiello rinnovò la minaccia alzando il bastone: "Torna subito a covare!".
La gallina, impaurita, sbattendo le ali ripeté: "Coccodè, coccodè!".
"Ah! Non vuoi capire allora!" disse Vardiello arrabbiato e menò una gran bastonata sulla testa della povera bestia che cadde a terra stecchita.
Vardiello cominciò a preoccuparsi e si sedette a riflettere: "E adesso chi coverà?".
Ma subito gli venne un'idea: "Andrò io a sedermi sulle uova: tanto non si accorgeranno che non sono la gallina!". E così fece! Ma naturalmente, appena fu seduto sul cesto, le uova si ruppero e il povero ragazzo si rialzò con il fondo dei pantaloni tutto impiastricciato. "Che disastro! Ora la mamma mi sgriderà!"
Per farsi perdonare, pensò di farle una sorpresa gradita e, spennata la gallina, la mise sullo spiedo dopo aver acceso il fuoco. "Così al suo ritorno troverà la cena pronta!" Ma al ragazzo venne anche un'altra idea: "… e le preparerò anche un boccale pieno di vino: così sarà più allegra!".

E scese in cantina con una brocca per spillare il vino dalla botte. Aveva appena aperto il rubinetto quando sentì venire dalla cucina un gran trambusto. Subito corse di nuovo su per le scale, dimenticando però di chiudere il rubinetto…
Vardiello arrivò in cucina appena in tempo per vedere il gatto che aveva addentato la gallina, rovesciando lo spiedo.
“Brutta bestiaccia! Molla subito la mia gallina!”
Il gatto, impaurito, saltò sulla credenza; ma quando il ragazzo, armatosi di un mattarello, cercò di colpirlo, se ne scappò via rovesciando nella fuga piatti e bicchieri, finché riuscì a trovare una finestra aperta e a fuggire in giardino.
Finalmente Vardiello era soddisfatto: intorno a lui, dopo quel finimondo, c’erano tante stoviglie rotte ma la chioccia, ormai arrostita a puntino, era di nuovo sua. La posò sul tavolo e solo allora si ricordò del vino. Scese di corsa in cantina… e si accorse così che era completamente allagata dal vino uscito dalla botte. Il forte odore dell’alcool riempiva tutto il locale. Vardiello corse subito a chiudere il rubinetto; ma la botte era ormai vuota. “Che guaio ho combinato! Cosa faccio adesso? Devo asciugare tutto prima che torni la mamma!”

Pieno di tristezza, il ragazzo si mise a sedere su uno sgabello, con i piedi immersi nel vino. Con il capo fra le mani, continuava a cercare una soluzione, finché, a un tratto, esclamò: "Ho trovato!".

Di corsa salì in cucina per cercare la chiave del granaio. Il cassetto dove di solito era custodita non si apriva, ma Vardiello con una gran martellata riuscì a sfondarlo. Raggiunto il granaio, si mise sulle spalle un grosso sacco di farina. Con gran fatica riuscì a portarlo in cantina e qui cominciò a spargere la farina dappertutto: "Così il vino si asciugherà e la mamma non si accorgerà di nulla!".

La farina, mescolata al vino, ben presto si trasformò in una pasta molle e rossastra, su cui Vardiello scivolò più volte.

Sporco, avvilito, comprendendo di avere ogni volta con le sue idee aggravato i disastri che aveva combinato, il ragazzo si mise a piangere. "Ormai la mamma si accorgerà che le uova sono rotte, la gallina è morta, il gatto è scappato, il vino non c'è più e la farina…" Mentre parlava, contava le proprie malefatte: ma ben presto perse il conto. Allora prese una decisione drammatica: "Prenderò dall'armadio il veleno e così morirò!".

Ma quello che in realtà conteneva il vaso non era veleno, ma una marmellata molto dolce e Vardiello, gustandola, dimenticò i suoi guai. Anzi, ci prese tanto gusto da finire tutto il contenuto del barattolo!
Poi, con la pancia piena, andò a sdraiarsi nel forno aspettando la morte.
Piano piano cominciò a sentire un leggero mal di pancia: "Ah! Sto morendo!".
In quel momento la mamma tornò. "Che disastro!" si mise a gridare, vedendo lo scompiglio che c'era in casa. "Vardiello, dove sei?"
"… sto morendo!" rispose con voce flebile il bambino. Spaventata, la madre si avvicinò al forno, urlando: "Vardiello! Vardiello! Rispondimi, dove sei?".
"Sono qui!" disse la vocina. "Ho mangiato tutto il veleno!"
Grannoia afferrò il figlio per i piedi e lo tirò fuori dal forno. Prima gli diede una gran sberla e poi gli disse: "Non era veleno, stupido! Era marmellata e non volevo che tu la mangiassi!". Poi, guardandosi intorno, si mise le mani nei capelli. "Mi ci vorranno giorni per rimediare ai tuoi guai! Non avrò neanche il tempo di portare al mercato quel rotolo di tela che ho da vendere! Ben ti sta! Andrai tu al mio posto, anche se il mercato è molto lontano!"
Fu così che, per punizione, Vardiello partì con il rotolo di tela sotto il braccio.
Giunto al mercato cominciò a gridare: "Chi vuol comprare questa bella tela?".
Ma, visto che nessuno gli dava retta, dopo un po' se ne andò.

Lasciando la piazza si trovò davanti a una vecchia statua e, scambiandola per un gran signore, le chiese: "Vuol comprare questa bella tela? Posso dargliela a buon prezzo! Non risponde? Allora se tace vuol dire che è d'accordo! Se la tenga!". E, lasciata la tela davanti alla statua, tornò a casa.
"Mamma, mamma, ho venduto la tela a un gran signore!" gridò il ragazzo. Ma la madre subito gli chiese: "Quanto ti ha pagato?".
"Povero me! Mi sono dimenticato di farmi dare i soldi! Ora torno indietro, tranquilla!"
Quando trafelato arrivò davanti alla statua, la tela era scomparsa: qualcuno l'aveva portata via. Vardiello disse allora alla statua: "La tela ti è piaciuta?! Vedo che l'hai già portata a casa! Molto bene, adesso pagami!". Naturalmente la statua non rispose e il ragazzo, infuriato per il suo silenzio, perse la pazienza e con un bastone cominciò a colpire il monumento. Fra i cocci apparve una pentola di rame colma di monete d'oro! Vardiello, soddisfatto, prese le monete e tornò a casa. La mamma, stupefatta davanti a quel piccolo tesoro, gli chiese balbettando: "Ma chi… chi ti ha dato… questo denaro?".
"Un gran signore che stava sempre fermo e non parlava mai! E sai dove teneva i soldi?"
La mamma, assai confusa, scosse la testa.
"Dentro la pancia!" disse esultante Vardiello.
A questo punto Grannoia perse la pazienza.
"Hai ucciso la chioccia, rotto le uova, allagato di vino la cantina, sciupato la farina, rotto piatti e bicchieri, mangiato la marmellata,

ma se adesso credi di prendermi in giro, ti sbagli! Vattene via!"
E, afferrata la scopa, lo cacciò di casa. Poi, sempre infuriata, salì al piano superiore per fare le faccende. Dalla finestra, vide il ragazzo seduto sulla soglia di casa.
"Sciagurato! Sei ancora qui?!" Al colmo della rabbia, presa la prima cosa che aveva sottomano, rovesciò sul figlio un grosso cesto di fichi secchi e uva passa. Vardiello da sotto gridò allora: "Mamma, mamma, fa' presto! Porta un sacco! Stanno piovendo fichi secchi e uva passa!".

Ma presto Grannoia lo perdonò e la pace tornò in casa, anche grazie alle monete d'oro che Vardiello aveva portato. Purtroppo il ragazzo si mise a raccontare a tutti del tesoro e quando anche a loro arrivò la notizia, i giudici vollero vederci chiaro. Perciò convocarono Vardiello in tribunale e gli chiesero: "Dove hai trovato le monete che dici di aver portato a casa?".
"Ho venduto un rotolo di tela a un signore che stava sempre zitto e sempre fermo" rispose Vardiello senza scomporsi.
I giudici lo guardarono stupiti e il presidente domandò: "Quando hai fatto questo straordinario affare?". Il ragazzo pronto rispose: "Me lo ricordo bene! È stato il giorno in cui piovevano dal cielo fichi secchi e uva passa!".
I giudici si guardarono perplessi; poi, bisbigliando fra di loro, dissero: "Questo ragazzo è proprio stupido!". Vardiello poté così andarsene senza problemi e Grannoia lo riabbracciò felice, mentre pensava: "Tutti dicono che Vardiello è un po' tonto, ma io non ci credo! Come avrebbe potuto vendere un rotolo di tela per così tante monete d'oro, se non fosse invece molto furbo?"

La bella addormentata

C'era una volta una regina, alla quale nacque una bambina molto bella.
Al battesimo invitò tutte le fate del suo regno, ma dimenticò di invitarne una, che purtroppo era la più cattiva di tutte.
La fata maligna si presentò ugualmente al castello, ma quando passò davanti alla culla della bimba, disse indispettita: "Ecco il mio dono, principessina: a sedici anni ti pungerai con un fuso e morirai!".
Una fata buona che era lì accanto, nell'udire il maleficio, subito recitò una formula per mitigare la terribile condanna: pungendosi, anziché morire, la ragazza si sarebbe addormentata per cento anni, e solo il bacio di un giovane principe l'avrebbe svegliata da questo sonno profondo.

Passarono gli anni e la principessina divenne la più bella fanciulla del reame. Da molti anni il re aveva dato ordine di bruciare tutti i fusi del castello, perché la principessa non potesse pungersi.
Ma, proprio il giorno in cui compiva sedici anni, la ragazza capitò in un'ala del castello che tutti credevano disabitata, dove una vecchia serva, ignara della proibizione del re, stava filando.
Incuriosita, la principessa chiese alla donna di farle provare l'arcolaio.
"Non è facile filare la lana!" rispose la serva. "Ma se hai pazienza, ti insegnerò molto volentieri."
La maledizione della fata cattiva si stava avverando: la principessa si punse un dito con la punta del fuso e cadde di colpo a terra come morta.
Medici e maghi di tutto il regno furono chiamati a consulto, ma nessuno poté vincere il maleficio. Appena la fata buona seppe dell'accaduto, corse alla reggia per consolare la regina.
La trovò piangente vicino al grande letto pieno di fiori su cui era stata distesa la principessa. "Non morirà! Puoi esserne sicura! Soltanto, dovranno passare cento anni prima del suo risveglio!" le disse. La regina, fra le lacrime, esclamò: "Oh! Potessi addormentarmi anch'io per cento anni ed essere lì pronta a consolarla al suo risveglio!".

La fata buona allora pensò: “Se con un incantesimo la famiglia reale e tutta la corte si addormentassero, la principessa, risvegliandosi, ritroverebbe attorno a sé tutte le persone a lei care...”.
La bacchetta d’oro della fata si alzò a disegnare nell’aria una magica spirale: e tutti gli abitanti del castello si addormentarono.
“Dormite sereni!” esclamò, dando un ultimo sguardo al castello immerso nel silenzio.

“Verrò a trovarvi fra cento anni al vostro risveglio!”
Nel castello senza più vita tutto taceva, tutto era immobile. Pendoli e orologi continuarono a ticchettare, finché anche la loro carica si esaurì.
Allora sembrò veramente che il tempo si fosse fermato per sempre.

Intorno al castello immerso nel sonno, come per incantesimo, cominciò a crescere uno strano, foltissimo bosco di piante rampicanti, che circondarono tutto come una barriera impenetrabile.
Con il passare degli anni, il castello rimase sempre più nascosto e fu dimenticato da tutti. Ma allo scadere del secolo un principe, seguendo un cinghiale, capitò nei dintorni. La bestia, ferita, per salvarsi non trovò di meglio che infilarsi nei fitti cespugli che circondavano il castello.
Il principe scese da cavallo e con la spada cercò di aprirsi un varco nella boscaglia. Avanzava lentamente perché l'intrigo dei cespugli era fittissimo e, scoraggiato, stava per tornare indietro quando, scostato un ramo, vide…

Avanzò ancora, giungendo al castello. Il ponte levatoio era abbassato. Tenendo il cavallo per le redini, entrò cautamente e, quando vide tutti gli abitanti distesi sulle scale, negli androni, nei cortili, pensò con orrore: "Oh, no! Sono tutti morti!". Ma poi, vedendo che erano solo addormentati, si rassicurò. "Svegliatevi! Svegliatevi!" gridò, ma nessuno si destò.
Sempre più stupito, si addentrò nel castello e giunse nella sala dove dormiva la bella principessa.
Rimase a guardare a lungo quel volto sereno, pieno di pace e di bellezza; sentì così nascere nel cuore l'amore che aveva sempre atteso invano.
Commosso, si avvicinò, prese la mano della fanciulla e delicatamente la baciò...
A quel bacio, subito la fanciulla si scosse e aprì gli occhi, destandosi dal sonno lunghissimo.

Vedendo davanti a sé il principe, mormorò: “Siete arrivato, finalmente! Nel sogno vi aspettavo e vi ho atteso così a lungo!”.
Grazie a quel bacio pieno d’amore e dolcezza, l’incantesimo si era spezzato.
La principessa si alzò, tendendo la mano al principe, e con lei si destò tutto il castello.
Tutti si alzarono, guardandosi attorno stupiti, chiedendosi cosa fosse successo.
Quando compresero, corsero pieni di gioia dalla principessa, più bella e più felice che mai.
Dopo qualche giorno, il castello, fino a poco tempo prima immerso nel silenzio, risuonò di canti, di musiche e di allegre risate per la festa che venne data in occasione delle nozze dei due giovani innamorati.

Pinocchio

C'era una volta un falegname di nome Mastro Ciliegia, al quale capitò tra le mani uno strano pezzo di legno. Mentre stava per tagliarlo, il pezzo di legno cominciò a lamentarsi. Impaurito, Mastro Ciliegia decise di liberarsene e lo regalò a un suo amico di nome Geppetto, che voleva costruirsi un burattino. Geppetto, che di mestiere faceva il ciabattino, tornò a casa contento con il suo pezzo di legno, pensando al nome che avrebbe dato al burattino.
"Lo chiamerò Pinocchio!" si disse. "Questo nome gli porterà fortuna!"
Arrivato nel misero sottoscala che gli serviva da casa e da bottega, cominciò a intagliarlo, ma a un tratto… "Ahi! Mi fai male!" si sentì dire.
Con sua grande meraviglia, il pezzo di legno era animato.

Il buon uomo, emozionato, continuò il suo lavoro: modellata la testa, gli fece i capelli e poi gli occhi, che subito si misero a guardarlo fisso fisso.
Aveva appena fatto il naso che questo cominciò a crescere e, per quanto lo tagliasse, rimaneva sempre lungo. La bocca appena intagliata cominciò a ridere e poiché Geppetto protestava arrabbiato, gli tirò fuori la lingua. Ma questo non era ancora niente: quando il ciabattino gli ebbe fatto le mani, il burattino gli portò via la parrucca e, quando ebbe le gambe, per prima cosa gli tirò un calcio. Geppetto con le lacrime agli occhi, esclamò: "Che birba di un figlio! Non ti ho ancora finito e già cominci a mancare di rispetto a tuo padre!".
Poi prese il burattino sottobraccio e, un passo dietro l'altro, cercò di insegnargli a camminare; Pinocchio, sgranchite le gambe, poco dopo si mise a correre per tutta la stanza, e Geppetto dietro, senza poterlo raggiungere, finché il burattino, aperta la porta, scappò in strada.
Ma Pinocchio correva più svelto di lui. Il povero ciabattino continuava a urlare: "Fermatelo! Fermatelo!". Ma fra la gente che assisteva divertita alla scena, nessuno si mosse.
Per fortuna un carabiniere, sentite le grida, si mise a gambe larghe in mezzo alla strada e bloccò il fuggitivo, riconsegnandolo al padre.
"Ti tirerò le orecchie!" disse Geppetto, ancora trafelato per la corsa, al burattino, ma si accorse che non avrebbe potuto punirlo in questo modo, perché si era dimenticato di fargliele nella fretta di scolpirlo.
Pinocchio, che si era molto spaventato nel trovarsi tra le manacce del carabiniere, chiese scusa a Geppetto di essere scappato, e questi lo perdonò.

Anzi, appena a casa, gli fece un vestituccio di carta fiorita, un paio di scarpe di scorza d'albero e un berrettino di mollica di pane.
Il burattino abbracciò il padre ed esclamò felice: "Voglio andare a scuola, diventare bravo e aiutarti nella vecchiaia!".
Geppetto, commosso, rispose: "Ti ringrazio dei tuoi buoni propositi, ma non abbiamo neanche i soldi per comprare il sillabario!".
Pinocchio si fece triste anche lui, mentre Geppetto, rimasto pensieroso, si alzò d'un tratto in piedi e, infilatasi la vecchia casacca di fustagno, uscì di casa correndo.
Poco dopo tornò con in mano un sillabario, ma senza la casacca.
Fuori nevicava. "E la casacca, babbo?"
"L'ho venduta!"
"Perché l'hai venduta?"
"Perché avevo caldo!"
Pinocchio saltò al collo di Geppetto per baciare un padre così buono.
Aveva smesso di nevicare e Pinocchio, con il sillabario sotto il braccio, si avviò per andare a scuola pieno di buoni propositi.
"Oggi voglio subito imparare a leggere, domani a scrivere e dopodomani imparerò a fare i conti. Poi guadagnerò dei soldi e comprerò una bella giacca nuova a Geppetto. Se la merita perché…"

A
L

Il suo fantasticare fu interrotto dal suono improvviso di una banda e Pinocchio, dimenticando la scuola, si trovò in una piazza piena di gente che si affollava intorno a un baraccone dai colori vivaci.
"Cos'è quel baraccone?" chiese a un ragazzetto.
"Non sai leggere?! È il Gran Teatro dei Burattini!"
"Quanto si spende per entrare?"
"Quattro soldi!" rispose l'altro.
"Chi mi dà quattro soldi per questo bel libro nuovo?" chiese a voce alta Pinocchio. Un rigattiere lì vicino comprò il sillabario e Pinocchio poté entrare a teatro.
Povero Geppetto, com'erano stati vani i suoi sacrifici!
Era appena entrato nel teatro, che una delle marionette che si muovevano sulla scena, si accorse della sua presenza e cominciò a urlare:
"Guardate! C'è Pinocchio! C'è Pinocchio!".
"Vieni qui! Vieni con noi! Evviva Pinocchio, nostro fratello!" si misero a chiamare tutti i burattini in coro.
Pinocchio salì sul palco in mezzo ai nuovi amici, mentre in platea il pubblico protestava per tutta quella confusione. Uscì allora Mangiafuoco, il burattinaio, un omone spaventoso a guardarsi, gli occhi truci iniettati di sangue.
"Che cosa succede? Basta così! Tutti in riga, stasera faremo i conti!" tuonò.

La sera Mangiafuoco si mise a tavola, ma quando si accorse che gli mancava della legna per finire di cuocere un bel pezzo di montone, si ricordò dell'intruso che aveva interrotto lo spettacolo.
"Vieni qua, Pinocchio! Mi servirai come legna da ardere!"
Il povero burattino cominciò a piangere e implorare:
"Babbo mio, salvami! Non voglio morire… non voglio morire!".
Mangiafuoco, nel sentire le invocazioni di Pinocchio, domandò:
"Il tuo babbo e la tua mamma sono sempre vivi?".
"Il babbo sì, ma la mamma non l'ho conosciuta!" rispose Pinocchio con un fil di voce. L'omone cominciò a intenerirsi: "Chissà che dispiacere sarebbe per tuo padre se ti buttassi nel fuoco… Ma devo finire di cuocere il mio montone! Vuol dire che brucerò un altro burattino! Gendarmi! Venite qui! Portatemi Arlecchino ben legato!".
Pinocchio nel vedere l'altro burattino che stava per essere bruciato al suo posto, si mise a piangere più forte di prima: "Pietà Eccellenza!… Pietà, mio Signore! Vi chiedo grazia per il povero Arlecchino!".
"Qui non c'è grazia che tenga!" urlò Mangiafuco inferocito. "Io voglio mangiare della carne ben cotta!"
"In questo caso," gridò finalmente Pinocchio rialzandosi in piedi "non è giusto che Arlecchino debba morire al mio posto! Bruciate me!". Mangiafuoco rimase perplesso. "Un burattino eroe non l'avevo mai incontrato!" si disse. Tirò su col naso e disse con tono più gentile: "Sei proprio un bravo ragazzo! Quasi, quasi…" Pinocchio cominciò a sperare: gli occhi terribili del burattinaio lo fissarono a lungo, finché finalmente…
"Va bene! Va bene! Per stasera mangerò il montone mezzo crudo!"
Fra i burattini ci fu subito gran festa per la grazia ricevuta. Mangiafuoco si fece raccontare da Pinocchio la sua storia e, impietosito per la bontà di Geppetto, regalò al burattino cinque monete d'oro. "Portale a tuo padre, poveretto! Digli di comprarsi una casacca nuova e salutalo tanto da parte mia!"

Felice, Pinocchio lasciò il Teatro delle Marionette, ringraziando Mangiafuoco per la sua generosità. Stava tornando a casa, quando incontrò un Gatto mezzo cieco e una Volpe zoppa e non seppe resistere alla tentazione di raccontare loro la fortuna capitatagli. I due, che erano degli imbroglioni, nel vedere le monete d'oro, architettarono subito un piano e gli dissero: "Se vuoi davvero far felice tuo padre, dovresti portargliene molte di più. Noi conosciamo un campo magico: se le seminerai lì, il giorno dopo ne troverai dieci di più!".

"Ma com'è possibile?" domandò Pinocchio stupito.
"Te lo spiego subito!" disse la Volpe. "Nel Paese dei Barbagianni, c'è quello che tutti chiamano 'Campo dei Miracoli' dove, se in una piccola buca metti uno zecchino d'oro, il giorno dopo trovi un bell'albero di monete nuove!"

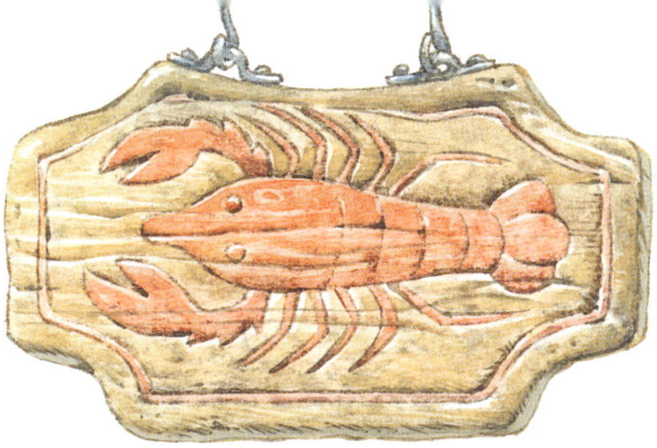

Pinocchio, ingenuamente, si lasciò convincere dai due falsi amici e finì all'Osteria del Gambero Rosso per festeggiare il loro incontro e la futura ricchezza.

Dopo la cena e un breve riposo avrebbero dovuto ritrovarsi tutti e tre, a mezzanotte, per raggiungere il Campo dei Miracoli, ma Pinocchio, svegliato dall'oste all'ora fissata, seppe che il Gatto e la Volpe erano già partiti da tempo, lasciandolo solo. Non gli rimase che pagare la cena con una delle monete d'oro e avviarsi attraverso un sentiero nel bosco verso il campo magico, quando improvvisamente…

"O la borsa o la vita!" gli imposero due brutti ceffi incappucciati di nero.

Pinocchio, che aveva nascosto le monete sotto la lingua, non rispose. Inutili furono i tentativi dei due di sapere dove fossero i soldi.

Nonostante i due banditi minacciassero di impiccarlo, Pinocchio restava zitto. Allora quelli misero intorno al collo del povero burattino una corda che si stringeva sempre più.

"Babbo aiutami!" fu l'ultimo pensiero di Pinocchio.

Il Gatto e la Volpe, poiché erano loro i due briganti incappucciati, si allontanarono dicendo: "Resterai appeso, finché non ti deciderai a parlare. Fra poco torneremo a vedere se hai cambiato idea!".

Ma una Fatina che abitava lì vicino sentì le invocazioni di Pinocchio…

Da una finestra del suo castello, la Fatina dai Capelli Turchini vedeva Pinocchio dondolare scalciando, appeso a una quercia del bosco. Impietosita, batté tre volte le mani e di colpo un Falco e un Cane apparvero come per incanto. “Svelto!” disse la Fatina al primo. “Vola sulla quercia e col tuo becco taglia la corda che trattiene quel povero ragazzo!”
E al secondo: “E tu prepara una carrozza e portalo qui con tutti i riguardi!”.
Detto fatto, Pinocchio che sembrava morto si trovò al castello in un bel letto caldo, mentre Corvo, Civetta e Grillo, tre medici famosi, erano stati chiamati a consulto dalla Fatina.

Una medicina molto amara, consigliata dai tre saggi medici, guarì subito Pinocchio.

La Fatina allora, accarezzando il burattino, gli chiese: "Raccontami cosa ti è successo!".

Pinocchio cominciò la sua storia senza parlare della vendita del sillabario, ma quando la sua benefattrice gli chiese dove erano le monete d'oro, disse di averle perse, mentre invece sapeva di averle nel frattempo nascoste in tasca.
Subito il suo naso cominciò ad allungarsi sempre di più, mentre la Fatina ridendo gli diceva: "Hai detto una bugia, si vede subito dal naso che si allunga!".
Pinocchio, rosso di vergogna, non sapeva più dove mettere quel naso ingombrante e si mise a piangere. La Fatina, allora, impietosita ancora una volta, batté le mani e un nugolo di picchi arrivò subito a beccare il naso, che così tornò normale. "Ricordati di non dire più bugie, altrimenti il tuo naso si allungherà di nuovo!" gli raccomandò la Fatina. "Adesso va' da tuo padre e portagli le monete!"
Pinocchio, riconoscente, l'abbracciò e partì di corsa per tornare a casa. Ma vicino alla grossa quercia nel bosco, ritrovò il Gatto e la Volpe e, disubbidendo alle promesse fatte, ingenuamente si lasciò di nuovo convincere a seppellire le monete nel Campo dei Miracoli.
Il giorno dopo ritornò fiducioso ma, ahimé, le monete erano scomparse!

Sconsolato, Pinocchio ritornò a casa senza le monete che Mangiafuoco gli aveva dato per Geppetto. Ma il babbo, dopo averlo sgridato per la lunga assenza, lo perdonò e la scuola accolse il burattino che sembrava aver messo finalmente giudizio.
Ma di nuovo comparve qualcuno a portarlo sulla cattiva strada: era Lucignolo, l'alunno più svogliato della classe.
"Perché non vieni con me nel Paese dei Balocchi, dove non si studia mai e si gioca tutto il giorno?" gli disse quello un giorno.
"Ma esiste davvero un paese così?" chiese Pinocchio incredulo.
"Stasera passa il carro che mi porterà là" rispose Lucignolo. "Vuoi venire?"
Pinocchio, dimenticando le promesse fatte al padre e alla Fata Turchina, si stava mettendo ancora nei guai. Venne mezzanotte e il carro arrivò per prendere i due amici e altri due ragazzi che, come loro, non vedevano l'ora di arrivare in un paese dove non esistevano più libri, né maestri, né scuole.
La carrozza era trainata da dodici pariglie di ciuchini tutti della stessa grandezza, che invece di essere ferrati come le altre bestie da tiro, avevano alle zampe stivaletti da uomo di pelle bianca. Tutti salirono sulla carrozza e Pinocchio, più felice degli altri, montò su un ciuchino.
Il Paese dei Balocchi li aspettava! Che gioia!

Nel paese dei Balocchi tutto era proprio come Lucignolo aveva promesso: i ragazzi si divertivano, senza mai studiare, era proibito parlare di scuola e a Pinocchio non sembrava vero di poter sempre giocare.

4

"Che bella vita!" diceva Pinocchio tutte le volte che incontrava Lucignolo.
"Vedi che avevo ragione?" ribatteva questi soddisfatto.
"È vero, Lucignolo! Se oggi sono felice è tutto merito tuo! E pensare che il maestro mi diceva di non frequentarti..."
Ma una mattina, svegliandosi, Pinocchio ebbe una brutta sorpresa: lui che aveva le orecchie solo disegnate, perché Geppetto non aveva fatto in tempo a intagliarle, si accorse, toccandosi, che durante la notte gli erano cresciuti un magnifico paio di orecchi pelosi. Ma non era tutto!
La mattina dopo erano cresciuti ancora di più. Dalla vergogna, Pinocchio si infilò un gran berretto di cotone e andò a cercare Lucignolo.
Anche l'amico però aveva in testa un berretto che gli scendeva fino al naso.
I due ragazzi si guardarono a lungo, pensando alla stessa cosa; insieme si tolsero i berretti e si misero a ridere nel vedersi a vicenda così buffi con quelle lunghe orecchie pelose. Ridevano come matti, ma tutto a un tratto Lucignolo impallidì e cominciò a barcollare: "Aiuto, Pinocchio! Aiuto!".
Ma anche Pinocchio stava già barcollando e si mise a piangere: il viso dei due ragazzi cominciò a prendere la forma di un muso mentre sentivano il bisogno di camminare a quattro zampe. Stavano diventando due grigi somarelli; continuavano a lamentarsi di quella trasformazione ma ormai, invece di gemere, ragliavano.
Quando il padrone del carro che li aveva condotti al Paese dei Balocchi sentì il raglio dei nuovi asini, si sfregò le mani tutto contento: "Ecco due nuovi somari da portare al mercato. Ne ricaverò almeno quattro monete d'oro".

Questo era dunque il triste destino di tutti i ragazzi che lasciavano la scuola per passare le giornate a giocare.
Lucignolo fu venduto a un contadino; Pinocchio invece fu comprato dal padrone di un circo che voleva ammaestrarlo per poi farlo saltare e ballare, come gli altri animali della compagnia. Com'era dura la vita del somaro! Da mangiare, fieno e quando questo era finito, paglia. E frustate! Frustate tutti i giorni per imparare i difficili esercizi del circo.
Finché un giorno, costretto a saltare nel cerchio, cadde malamente e si azzoppò. Il direttore del circo chiamò il garzone di stalla: "Non so che farmene di un somaro zoppo! Portalo in piazza e rivendilo, anche per poco!".
Nessuno comprava un ciuco tanto malconcio, finché un ometto disse: "Lo compro solo per la sua pelle! Vorrei farne un bel tamburo per la banda del mio paese!". Per pochi soldi Pinocchio cambiò padrone e, nel sentire la triste fine che lo aspettava, ragliò a lungo e lamentosamente.

L’uomo condusse il ciuco sulla riva del mare, gli mise un grosso macigno al collo e legò una zampa con una lunga corda, poi con una spinta lo buttò nell’acqua. Con in mano la fune si sedette sullo scoglio, aspettando che il ciuco affogasse per poi scorticarlo e togliergli la pelle.

Sott’acqua Pinocchio sentiva la fine vicina: in un lampo ripensò a tutti i dispiaceri che aveva dato a Geppetto, alle promesse non mantenute, e invocò ancora una volta la Fata dai Capelli Turchini. La Fata sentì il richiamo e, vedendo che Pinocchio stava per affogare, gli mandò intorno un branco di grossi pesci che si misero a divorare tutta la carne del somaro finché arrivarono all’osso, ossia al legno di cui era fatto Pinocchio. A quel punto i pesci smisero di mangiare, mentre Pinocchio sentiva la fune tirarlo fuori dall’acqua.

Invece dell'asino morto l'uomo sbalordito vide quindi apparire a fior d'acqua il burattino vivo, che si dimenava come un'anguilla. Riavutosi un po' dal primo stupore balbettò, quasi piangendo: "E dov'è il ciuco che ho gettato in mare?".

"Quel ciuchino sono io!" rispose il burattino ridendo.

"Tu?! Non credere di prendermi in giro! Se mi arrabbio..."

Pinocchio pazientemente gli raccontò allora la sua storia, concludendo: "...ecco perché tirando la fune avete trovato un burattino vivo, invece di un somaro morto!"

"La tua storia non mi interessa!" urlò imbestialito l'uomo. "Io so che ho speso venti soldi per comprarti e rivoglio i miei quattrini! Se non ho più il mio ciuco, ti porterò al mercato per rivenderti a peso come legna da ardere!"

Pinocchio, che si era slegato, gli fece allora uno sberleffo e con un bel salto si tuffò in acqua, allontanandosi a nuoto.

"Addio, padrone! Se avete bisogno di un po' di legna stagionata per il vostro camino, ricordatevi di me!"

Pinocchio, felice di essere di nuovo un burattino di legno, nuotava allegramente, allontanandosi dalla spiaggia. Ben presto fu un puntino lontano in mezzo al mare.

Ma le sue disavventure non erano finite: un enorme, mostruoso pescecane emerse dal mare alle sue spalle.
Pinocchio, atterrito, si accorse della smisurata bocca che lo inseguiva e cercò di fuggire, nuotando il più velocemente possibile, ma il mostro si avvicinava sempre di più. Cercò anche di cambiare direzione ma invano, raccolse allora tutte le sue forze per una fuga quasi impossibile: sentiva dietro di sé il risucchio dell'acqua che entrava nell'immensa apertura.
D'un tratto si trovò inghiottito con violenza insieme a tanti altri pesci che avevano avuto la sventura di trovarsi davanti al terribile pescecane.
Pinocchio fu sballottato con violenza dal vortice d'acqua nella gola del mostro, fino a rimanere stordito.
Quando rinvenne, si trovò nel buio più profondo.
Mentre sentiva sopra di sé a intervalli lo spaventoso ansimare delle branchie del pesce. Cominciò a inoltrarsi carponi per quella che gli sembrava una strada in discesa, urlando: "Aiuto! Aiuto! Nessuno viene a salvarmi?".
D'un tratto intravide un fioco chiarore e via via che si avvicinava, si accorse di una fiammella che brillava lontana. Finché cammina, cammina…

"Babbo! Com'è possibile...?!"
"Pinocchio! Figlio mio! Sei proprio tu!..."
I due si abbracciarono, piangendo dalla commozione e, fra i singhiozzi, cominciarono a raccontarsi le loro disavventure. Geppetto accarezzava la testa del burattino con le lacrime agli occhi e cominciò a raccontargli come era capitato nella pancia del pescecane: "Ti ho cercato dappertutto, poi visto che non ti trovavo sulla terra, mi ero costruito una barchetta per cercarti in mare, ma prima una burrasca mi capovolse, poi il pescecane mi inghiottì.
Per fortuna ogni tanto questo mostro ingoia anche i resti di navi affondate dalle tempeste, e allora trovo fra i rottami quello che mi serve per sopravvivere!"
"Però siamo ancora vivi!" disse Pinocchio quando ebbero finito di raccontarsi le loro peripezie. "... e dobbiamo fuggire da qui!"

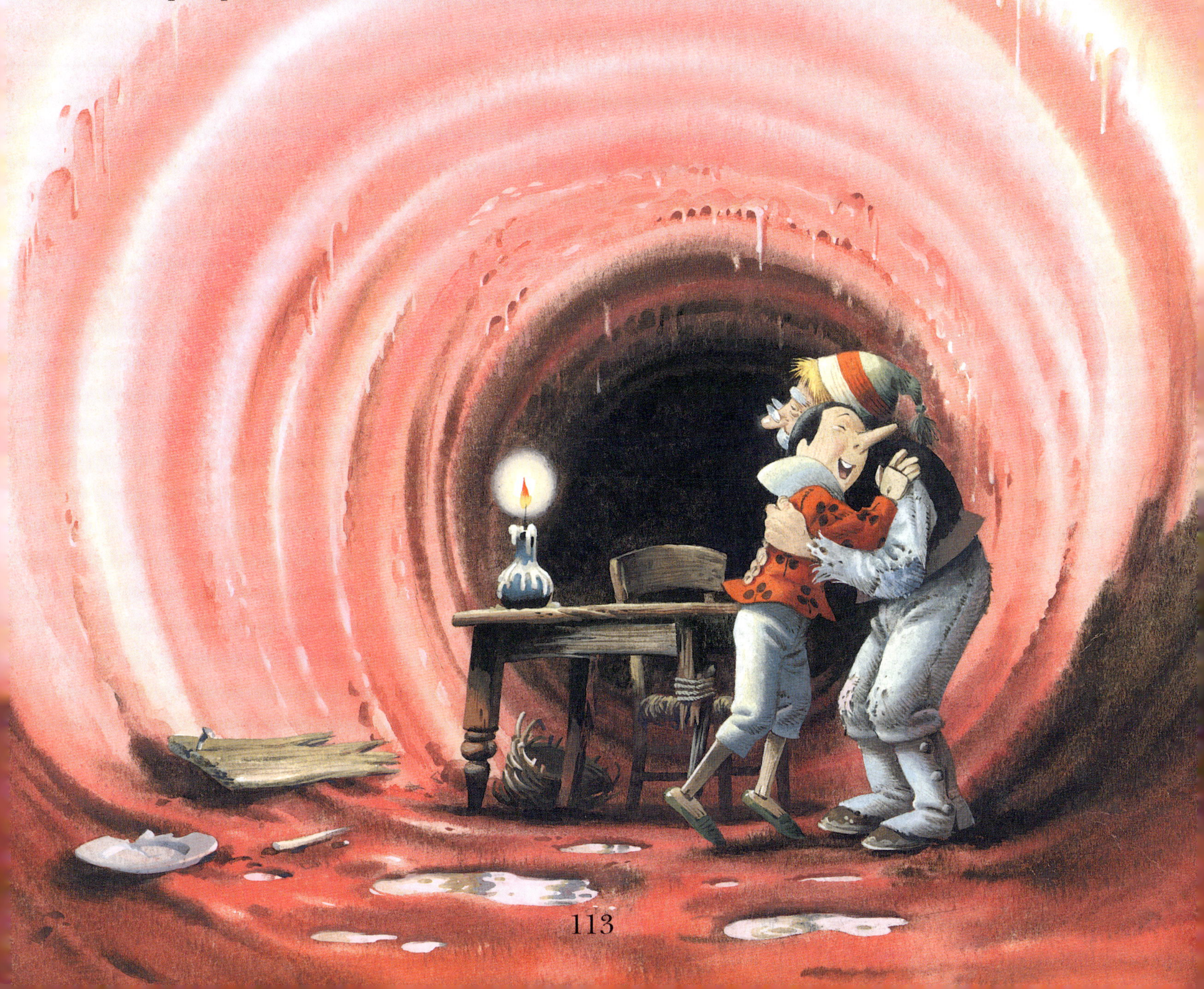

Il burattino, preso per mano Geppetto, e facendosi luce con la candela, cominciò a risalire lungo il corpo del mostro. Arrivarono nella gola spaziosa del pescecane e qui si fermarono pieni di paura, ma per loro fortuna di notte questi dormiva a bocca aperta perché era malato d'asma. "Ecco, è il momento di scappare!" bisbigliò Pinocchio e poco dopo il burattino nuotava veloce, reggendo sulle spalle Geppetto.

Per loro fortuna, il giorno prima il pescecane si era avvicinato alla spiaggia, così, poco dopo riuscirono a raggiungere la riva.
Albeggiava e Geppetto tutto bagnato era mezzo morto dalla paura e dal freddo.
"Appoggiati al mio braccio, babbino caro, non so dove siamo, ma vedrai che troveremo di nuovo la strada di casa!"
Vicino alla spiaggia c'era una vecchia capanna di frasche abbandonata, dove trovarono un primo rifugio. A Geppetto era venuto un gran febbrone e Pinocchio uscì. "Vado a cercarti del latte!" disse.
Un belare di capre lo guidò nella direzione giusta e poco dopo si trovò davanti a un contadino, senza soldi per comprare il latte.
"Il mio somaro è morto, se farai girare al suo posto la macina del mulino per mezza giornata, avrai il latte che desideri!"
Così per giorni e giorni Pinocchio ogni mattina si alzava presto per provvedere al mantenimento di Geppetto. Tornarono finalmente a casa e Pinocchio lavorava fino a tardi, fabbricando canestri e panieri di giunco per guadagnare da vivere per sé e per il padre. Un giorno venne a sapere che la Fatina, colpita da mille disgrazie, si trovava malata all'ospedale. Per aiutare la sua benefattrice, rinunciò a un vestito nuovo e le mandò i soldi per curarsi anche se a costo di grandi sacrifici.
Una notte Pinocchio fece un sogno bellissimo in cui apparve la Fatina che lo ringraziava, e la mattina appena sveglio si accorse allo specchio di essere un altro: vide l'immagine di un bel ragazzo dai capelli castani e dagli occhi celesti. Geppetto lo abbracciò felice.
"E il vecchio Pinocchio di legno, dov'è?" gli chiese subito il ragazzo ancora incredulo.
"Eccolo là!" gli rispose allora Geppetto, indicando un burattino di legno su una sedia. "Quando i ragazzi da cattivi diventano buoni, cambiano vita e anche aspetto!"

Il parere degli altri

C'era una volta un contadino che andava con il figlio al mercato per vendere un asino. Per fare arrivare la bestia nelle migliori condizioni, lo caricò su un carretto, affannandosi a spingerlo lungo la strada.
Nel vedere l'insolito spettacolo, alcuni passanti esclamarono: "Quell'uomo è pazzo. Non si è mai visto un asino farsi portare dal suo padrone!".
Il pover'uomo era un po' imbarazzato perché via via che procedeva i commenti e le risatine aumentavano. Il colmo fu quando, passando davanti a un maniscalco, questi lo beffeggiò, chiedendogli se aveva bisogno di farsi ferrare i piedi, visto che aveva preso il posto della sua bestia.
Il contadino allora si fermò e, fatto scendere l'asino dal carretto, gli salì in groppa mentre il figlio lo seguiva a piedi.
Non l'avesse mai fatto! Un gruppo di donne che tornava dal mercato lo rimproverò subito: "Uomo senza cuore! Grande e grosso come sei, ti fai portare dall'asino, mentre tuo figlio, poverino, viaggia a piedi! Vergognati!".
E giù improperi!
Il povero contadino scese dall'asino perplesso e pieno di dubbi. Si tolse il cappello e si asciugò il sudore dalla fronte: "Non avevo mai pensato che portare un asino al mercato fosse un compito così difficile!".

Poi fece salire il figlio sull'asino e lo seguì a piedi.

Ma la soluzione suscitò subito le proteste di un gruppo di uomini. "Guardate! Guardate che cosa ci tocca vedere! Un figlio che viaggia comodo e costringe a camminare il padre stanco e anziano! Che vergogna!" dicevano.

Sconcertati, padre e figlio si fermarono di nuovo. Che fare dunque per non essere criticati? Decisero allora di salire sull'asino tutti e due. "Ah! Gente senza pietà! Si sono mai visti due individui salire insieme sullo stesso povero asino? Guardate come fatica!" esclamarono questa volta altri passanti...

A questo punto il contadino perse la pazienza e diede un gran calcio all'asino, gridando: "Cammina tu! D'ora in avanti farò a modo mio, senza ascoltare nessuno!".

Chichibio e la gru

Messer Corrado era un nobile fiorentino famoso per la passione della caccia e per le feste che dava nel suo palazzo. Un giorno, avendo catturato una bella gru, la dette a Chichibio, il suo cuoco, con l'ordine di arrostirla con cura.
Il cuoco aveva quasi concluso la cottura, quando passò a trovarlo in cucina la ragazza di cui era innamorato. La fanciulla fu attirata dal profumo dell'arrosto e Chichibio gliene diede una coscia. La gru fu quindi portata a tavola e subito Chichibio fu chiamato per sapere cosa fosse avvenuto della coscia mancante.
Il brav'uomo, imbarazzato, rispose: "Signore, le gru hanno una gamba sola!".
"Una gamba sola?!" domandò il padrone. "Credi che sia la prima gru che vedo?"
Chichibio si sentì obbligato a insistere: "È proprio così! Se avessi degli uccelli vivi, ve lo potrei dimostrare!". Messer Corrado, per rispetto verso gli invitati, non volle continuare la discussione e concluse: "Va bene, domattina andremo a vedere, ma se non sarà come dici tu, te ne pentirai amaramente!".
Il mattino dopo, al levar del sole, Messer Corrado, a cui durante la notte la rabbia era aumentata, si alzò pieno di stizza ordinando di sellare i cavalli. "Adesso vedremo chi di noi due ha mentito!" disse minaccioso. Chichibio, impaurito, non sapeva cosa fare. Arrivati però vicino al fiume, vide prima degli altri alcune gru che, ancora addormentate, se ne stavano su una gamba sola, come fanno di solito quando riposano. "Messere, guardate! Avevo ragione, hanno una gamba sola!" urlò. "Ah, sì? Ora ti farò vedere!" E Messer Corrado, battendo le mani, urlò: "Oh! Oh!". A quel grido le gru posarono a terra l'altra zampa e scapparono. "Beh, hai visto che hanno due gambe, furfante?" Chichibio pronto rispose: "Signore, se ieri sera a tavola gridavate 'Oh! Oh!', anche quella avrebbe tirato giù la zampa!". Nel sentire la divertente risposta, l'ira di Messer Corrado si tramutò in allegria. "Hai ragione, Chichibio, dovevo fare così!" gli disse battendogli la mano sulla spalla. E pace fu fatta!

I tre desideri

C'era una volta, nel folto di una grande foresta, un boscaiolo che viveva felice insieme alla moglie in una piccola e graziosa casetta di legno.
Ogni mattina si recava cantando al lavoro e la sera, quando tornava a casa, lo aspettava una buona zuppa fumante.
Ma un giorno il destino gli riservò una strana sorpresa: stava per iniziare il taglio di un grosso abete, che per la verità gli era sembrato un po' diverso dal solito, con tutti quei grossi nodi aperti sul tronco, quando da uno di questi pertugi, vide apparire la faccina spaurita di un folletto.
"Cosa sono questi colpi? Non penserai di tagliare quest'albero? Questa è la mia casa, io ci vivo dentro!" si sentì dire.

Al boscaiolo, per la sorpresa, cadde l'ascia dalle mani. "Ve-ve-veramente io..." cominciò balbettando.
"Con tutti gli alberi che ci sono nella foresta, dovevi proprio scegliere questo? Per fortuna ero in casa, altrimenti al mio ritorno mi sarei trovato senza riparo!"
Il boscaiolo, dopo il primo attimo di smarrimento e soprattutto vedendo che il folletto era molto piccolo, mentre lui era un omone robusto, riprese coraggio e disse: "È mio diritto tagliare gli alberi che voglio, quindi...".
"Va bene! Va bene!" continuò il folletto con la sua vocina sottile. "Facciamo così: tu non tagli quest'albero e io in cambio esaudirò tre tuoi desideri! Sei d'accordo?"
L'uomo si grattò la testa. "Tre desideri, dici? Va bene, accetto!"
E cominciò a lavorare con la sua ascia su un altro albero. Mentre tutto sudato faceva il suo lavoro, continuava a pensare alla magica proposta.
"Mi consiglierò con mia moglie..." pensò contento.
Trovò la donna fuori dalla capanna mentre puliva una pentola e, prendendola per la vita, le fece fare una giravolta. "Allegra! Allegra! Anche per noi è arrivata la fortuna!" esclamò.
La donna non capiva la strana contentezza del marito e gli rispose un po' bruscamente.
Ma più tardi il boscaiolo seduto davanti a un buon bicchiere di vino, raccontò l'incontro fatto nel bosco e la moglie cominciò a fantasticare insieme a lui sulle meravigliose conseguenze che la proposta del folletto avrebbe portato nella loro vita.
Intanto continuava a bere e sua moglie che non aveva ancora assaggiato una goccia di vino, tutta presa dal fantasticare, ne bevve un po' del suo.
"Buono!" disse schioccando la lingua. "Ci mangerei però volentieri insieme una sfilza di salsicce..."

Si interruppe subito, mordendosi le labbra, ma ormai era fatta!
Il boscaiolo, allibito nel vedere comparire sul tavolo vicino a sé le salsicce, riuscì solo a farfugliare dalla rabbia: "... cosa hai fatto?! Perché le salsicce?... Hai sciupato un desiderio così stupidamente! Donna, quanto sei sciocca!".
Sempre più arrabbiato continuò: "Maledette salsicce! Vorrei ti si attaccassero al naso...". Non l'avesse mai detto!
Alle sue parole, le salsicce si animarono e saltarono fino al naso della moglie, rimanendovi attaccate. Questa volta ad arrabbiarsi fu lei. "Ma cosa hai fatto, disgraziato? Hai sciupato un altro desiderio! Con tutte le cose che avremmo potuto chiedere...!"

Il boscaiolo, mortificato per aver commesso un errore simile al suo, esclamò: "Mi taglierei...". Per sua fortuna si fermò in tempo, altrimenti, pensò poi con terrore, sarebbe rimasto senza lingua. La donna continuava arrabbiata a insultarlo, finché il pover'uomo scoppiò in una fragorosa risata dicendo: "Se tu sapessi come sei buffa con tutte quelle salsicce attaccate al naso!". Ma la moglie ci rimase male: non aveva pensato alle conseguenze del desiderio espresso dal marito. Con tutte e due le mani, cercò di strapparsele dal naso, ma senza alcun risultato. Provò ancora con più forza, ma niente! Le salsicce non si staccavano. Allora terrorizzata esclamò: "Mi resteranno per tutta la vita...". Il marito, impietosito, cominciò anche lui a temere di doversi tenere una moglie con un naso così ingombrante. Poverina!

"Adesso provo io!" disse e presa la sfilza delle salsicce, cominciò a tirare più forte che poteva, ma il risultato che ottenne fu solo che sua moglie gli cadde addosso pesantemente. Seduti per terra, i poveretti si guardarono con tristezza. "Cosa facciamo adesso?" si dissero a vicenda, ma tutti e due pensavano alla stessa cosa. "C'è solo una cosa da fare…" suggerì timidamente la moglie.
"Purtroppo sì!" annuì il marito sconsolato e, ripensando con nostalgia a tutti i sogni di ricchezza fatti, pronunciò il terzo desiderio: "Chiedo che le salsicce si stacchino dal naso di mia moglie!".
Immediatamente l'ordine fu eseguito e marito e moglie si abbracciarono piangendo: "Rimarremo poveri, ma saremo di nuovo felici come prima!".
La sera, poiché del magico incontro con il folletto era rimasta solo la sfilza di salsicce, non trovarono di meglio che cucinarle, pensando malinconicamente a quanto avevano rinunciato per un simile pasto!

Alì e la sella del sultano

C'era una volta un sultano molto potente, il cui regno si estendeva fino alle soglie del deserto. Fra i suoi sudditi ce n'era uno, Alì, a cui piaceva farsi beffe della sua autorità. Innumerevoli erano le storielle che inventava sul conto del sultano e della sua corte e tutti quando lo incontravano si sbellicavano poi dalle risa nel sentire le sue prese in giro. Era diventato tanto famoso e popolare che tutti al suo passare lo additavano, ridendo.
Tanto fece Alì nel mettere in ridicolo il sultano, che questi lo venne a sapere. Arrabbiato e indispettito ordinò che il buffone fosse portato dalle guardie al suo cospetto.
"Riceverà la punizione che si merita per la sua insolenza!" si disse soddisfatto, fregandosi le mani, nel pensare alle frustate che gli avrebbe fatto somministrare.
Quando Alì fu davanti al sultano, si chinò fino a toccare il pavimento con la testa e senza lasciargli il tempo di parlare, cominciò subito: "Mio Signore, ti ringrazio di aver esaudito il più grande desiderio della mia vita, che era quello di poterti vedere e di esprimerti a voce tutta l'ammirazione per la tua bellezza e la tua saggezza. Ho scritto dei versi su di te, lasciami dunque il privilegio di recitarli in tua presenza!".
Il sultano, sorpreso da questo fiume di parole e anche compiaciuto dalle lodi inaspettate, concesse ad Alì il permesso di recitare il suo poema.
Questi, che non aveva mai composto nessuna poesia, si trovò a dover improvvisare le lodi del suo sovrano, e lo fece tanto bene, paragonandolo alla bellezza dell'alba, alla forza della tempesta, al clamore del vento, che tutti alla fine dovettero applaudire.

Il sultano soddisfatto, aveva dimenticato il motivo per cui aveva fatto arrestare Alì e batté le mani alla fine del poema recitato in suo onore.
"Bravo!" gli disse. "Sei un buon poeta e hai diritto a un premio! Scegli fra quelle selle, quella che preferisci e prendila in premio per la tua abilità."
Tra le tante, Alì scelse una sella da asino e, dopo aver ringraziato il sultano, uscì di corsa dal palazzo con la sella sulla schiena.
La gente, nel vederlo correre così bardato, gli chiedeva: "Dove vai Alì con quella sella d'asino sulla schiena?".
"Ho appena recitato al sultano una poesia in suo onore e lui allora, riconoscente mi ha regalato uno dei suoi vestiti!"
E indicava poi ammiccando la sella d'asino!

Amin e le uova

C'era una volta un contadino di nome Amin, cui la siccità aveva fatto perdere il raccolto del misero campicello che possedeva. Deciso a cercare fortuna in un altro paese, partì a cavallo del suo asinello, ma prima acquistò a credito, da un commerciante, dodici uova sode per nutrirsi durante il viaggio.
Passarono sette anni e Amin tornò al villaggio su un bellissimo cavallo nero, seguito da un servo su un cammello carico di monete d'oro e d'argento.
Era diventato ricco e presto la notizia si diffuse fra tutti gli abitanti del paese.
Il commerciante che gli aveva dato le dodici uova a credito, andò subito a bussare alla sua porta, pretendendo cinquecento monete d'argento a saldo del vecchio debito. Amin naturalmente si rifiutò di pagare una somma così esagerata e la questione fu portata davanti al giudice.
Il giorno dell'udienza, all'ora stabilita, il commerciante si trovò puntuale in tribunale, ma Amin non c'era. Il giudice spazientito aspettò per più di un'ora e stava già per annullare il giudizio, quando arrivò Amin tutto trafelato.
La parola fu subito data al commerciante che giustificò la sua richiesta dicendo:

"Ho chiesto ad Amin di pagarmi cinquecento monete d'argento, perché dalle dodici uova che acquistò a credito sette anni fa potevano nascere dodici pulcini. Questi, diventati dodici galli e galline, si sarebbero moltiplicati facendo nascere altri galli e galline e così via fino a farmi avere dopo sette anni un enorme pollaio".
"Proprio così!" esclamò il giudice compiaciuto. "Hai ragione!"

E poi, rivolto ad Amin, con sguardo ostile ordinò: "Tu adesso, difenditi! Ma prima spiega il perché del tuo ritardo!".
Amin non si scompose: "Avevo in casa un piatto di fave bollite e le ho seminate nel giardino per ottenere un buon raccolto l'anno prossimo!".
Il giudice urlò: "Sciocco, da quando in qua le fave bollite danno un raccolto?".
Allora Amin fu pronto a replicare: "E da quando in qua le uova sode danno origine a dei pulcini?!". E così Amin vinse la causa.

L'oca d'oro

C'era una volta un boscaiolo di nome Taddeo, che sembrava un po' tonto, ma che era di animo gentile. Mandato dal padre a tagliare gli alberi di un bosco molto lontano, si accorse che le piante erano una specie a lui sconosciuta e che la sua ascia riusciva a tagliare il loro tronco durissimo con grande fatica.
Sudato per gli inutili sforzi, si sedette ai piedi di un albero per mangiare, quando da dietro un cespuglio, un buffo ometto dalla barba bianca gli chiese un po' di cibo. Taddeo, gentile, divise con lui pane e formaggio e insieme finirono allegramente anche il vino.
"Fra tutti coloro che hanno cercato di tagliare questi alberi, sei il solo a essere stato buono con me!" disse l'ometto.

"Meriti una ricompensa! Taglia quell'albero al centro del bosco e vedrai che tutti gli altri cadranno da soli. E guarda fra le radici, perché troverai un regalo per te! Sappi che io sono il Mago del Bosco!" e, così dicendo, sparì. Senza stupirsi, Taddeo fece come aveva detto l'ometto e in un baleno finì il suo lavoro, mentre dalle radici dell'albero che il Mago aveva indicato comparve un'oca dalle piume d'oro. Il boscaiolo se la mise tranquillamente sotto il braccio e si avviò verso casa. Ma sbagliò strada e a notte fonda capitò in un villaggio che non conosceva. Entrò così in un'osteria ancora aperta.

"Da mangiare per me e per quest'oca, regalo del Mago del Bosco!" ordinò Taddeo alla figlia dell'oste.
"Una a me, una a te!" diceva poco dopo dividendo la zuppa con l'oca.
Anche le altre due figlie erano venute a vedere lo strano spettacolo, finché tutte e tre si azzardarono a chiedere: "Ma perché tanti riguardi per un'oca?".
"È un'oca d'oro e magica e vale una fortuna! Anzi, stanotte dormirò qui e voglio una stanza sicura. Non vorrei essere derubato!"
Ma durante la notte una delle tre sorelle fu convinta dalle altre a strappare all'oca almeno una piuma. "Se è magica, anche una sola piuma avrà valore!".
Ma appena la sua mano toccò la coda dell'oca, vi rimase appiccicata e, per quanti sforzi facesse, non riusciva a staccarla. Chiamò allora le sorelle, che per cercare di liberarla si trovarono a loro volta appiccicate l'una all'altra.

Quando Taddeo si svegliò, non si meravigliò nel vedere le tre sorelle confuse e vergognose per essere fra di loro attaccate all'oca.
"Come faremo adesso a liberarci?" piagnucolarono rivolte al boscaiolo.
Taddeo, senza scomporsi, replicò: "Io devo andarmene con la mia oca, se voi ci siete attaccate, peggio per voi, mi dovrete venire dietro!".
Quando l'oste si vide passare davanti lo strano corteo, urlò: "Che cosa state facendo?". E cercò di agguantare l'ultima delle figlie per un braccio.
Non l'avesse mai fatto! Si trovò anch'egli a far parte dell'insolita processione. E lo stesso capitò dopo un po' a una comare curiosa e più tardi al grasso curato del paese. Poi fu la volta del fornaio che appoggiò la mano sulla spalla del curato che passava di corsa, e infine una guardia, che cercava di fermare tutti, formò l'ultimo anello dell'incredibile catena. Al passaggio di Taddeo e del suo seguito, tutti ridevano e le strade si riempirono di folla schiamazzante.
Vicino al villaggio c'era il castello del Re. Era un Re molto potente e ricco, ma aveva un grosso dispiacere: la sua unica figlia soffriva di una strana malattia che i medici non riuscivano a curare e che la rendeva sempre triste. Il sovrano aveva perfino emanato un bando: chi l'avesse fatta ridere, l'avrebbe sposata. Ma niente e nessuno aveva potuto portare il sorriso sulle labbra della fanciulla.
Quel giorno la carrozza della Principessa passò nella piazza del villaggio mentre Taddeo, con l'oca in braccio, arrivava impassibile con il suo seguito forzato. Nel sentire il clamore della folla che rideva, sollevò la tendina e, vedendo lo strano spettacolo, scoppiò in un'allegra risata.
Tutti si stupirono nel sentir ridere per la prima volta la Principessa, che scese dalla carrozza per vedere da vicino l'oca d'oro di Taddeo, e vi rimase appiccicata. Vociando e ridendo si avviarono tutti verso il castello, seguiti da una gran folla. Il Re, vedendo la figlia che continuava a ridere, non credeva ai suoi occhi: "È un miracolo! È un miracolo!".
Dopo tanto ridere ci si rese conto però che la situazione diventava insostenibile. Si fece avanti un ometto dal gran cappello a cono e dalla barba bianca che, dopo aver schioccato le dita tre volte, sciolse la catena.
Taddeo stava per ringraziare il Mago del Bosco, perché di lui si trattava, ma questi era di nuovo sparito.
Fu così che Taddeo, semplice e ingenuo boscaiolo, per un gesto gentile si trovò sposato alla figlia di un Re!

I musicanti di Brema

C'era una volta un asino che, diventato vecchio e inutile, veniva maltrattato dal padrone. Stanco di tante angherie, decise di andarsene e, saputo che nella città di Brema si cercavano musicanti per la banda municipale, pensò che uno come lui, che sapeva ragliare bene, avrebbe certo vinto il concorso.
Lungo la strada incontrò un cane magro e pieno di lividi: "Vieni con me! Vedrai che avrai anche tu un posto nella banda se saprai abbaiare bene!".
Più tardi un gatto randagio che da tempo non trovava topi, si unì ai due e il terzetto continuò pieno di speranza il cammino verso la città.
Arrivati davanti alla staccionata di una fattoria si fermarono ad ammirare un vecchio gallo che con le ali aperte lanciava al cielo i suoi squillanti chicchirichì.
"Come canti bene! Ma perché sei così allegro?"
"Macché allegro!" rispose il gallo con le lacrime agli occhi. "Vogliono mettermi in pentola e farmi lesso! Oggi mi sfogo e canto, perché domani non ci sarò più!"
Anche a lui l'asino rispose: "Scappa con noi, con una voce come la tua diventerai certamente famoso a Brema!". E così diventarono quattro!

La strada era lunga, la notte arrivò presto e gli animali si trovarono pieni di paura nella foresta. Non sapevano se continuare o nascondersi in qualche grotta, quando intravidero una luce lontana brillare tra gli alberi.
Si avvicinarono piano piano alla finestra di una casetta sperduta: l'asino appoggiò le zampe sul davanzale, il cane gli salì sulla groppa per vedere anche lui, il gatto sul cane e il gallo svolazzò sopra a tutti per vedere cosa succedeva dentro. La casa era il rifugio di una banda di briganti che banchettavano per festeggiare l'ultima ruberia. L'asino e i suoi amici, affamati, nel vedere attraverso il vetro la tavola imbandita, si agitarono eccitati e il somaro, reso nervoso da quella piramide instabile che gli stava sulla groppa, sfondò col muso la finestra, rovesciando i suoi amici attraverso i vetri sulla lampada.

La stanza rimase al buio, ma fu subito piena del raglio terribile dell'asino, che si era tagliato il muso con i vetri, dell'abbaiare del cane e del soffio del gatto. Anche il gallo si unì agli altri con un verso stridulo.

I briganti, terrorizzati dall'inspiegabile pandemonio, scapparono urlando: "Il diavolo! Il diavolo!".

Fu così che la cena non finita dai malfattori andò a riempire la pancia dei quattro animali. Ma più tardi, mentre stavano per appisolarsi, uno dei banditi, sentita la casa silenziosa,

trovò il coraggio di entrare per vedere cos'era successo. Aperta la porta, si diresse tremando, con la pistola in pugno, verso il caminetto, ma avendo scambiato gli occhi luccicanti del micio per due tizzoni accesi, vi infilò un fiammifero e si trovò sul viso gli artigli del gatto infuriato. Cadde sul cane, mentre dalla pistola sfuggitagli di mano scappò un colpo e si trovò i denti aguzzi della bestia nel polpaccio. L'asino nel vedere l'ombra scura del brigante sul vano della porta, pensò bene di allungargli un calcio tremendo che scaraventò fuori il malcapitato, mentre il gallo salutava l'impresa con un sinistro chicchirichì. "Scappiamo! Andiamocene da questo posto! Là dentro un'orribile strega mi ha graffiato la faccia, un demonio mi ha addentato una gamba e un altro mostro con un enorme bastone mi ha colpito qui dietro! E poi..."
Gli altri briganti non lo lasciarono continuare e, terrorizzati, scapparono da quel posto maledetto.
Asino, cane, gatto e gallo si trovarono così padroni della casa senza fatica e, scoperto un piccolo tesoro lasciato dai briganti, riuscirono ad avere sempre una tavola imbandita, vivendo a lungo insieme e felici.

Il libro degli incantesimi

C'era una volta, in una fitta e cupa foresta che tutti cercavano di evitare, la dimora di un orco. Era un essere grande e grosso, spietato e senza cuore, ma con la mania di avere la casa sempre in ordine. Con il tempo cominciò a pensare: "Sono sempre in giro a caccia e a pesca e avrei proprio bisogno di qualcuno che badasse alla casa. Vorrei il pavimento sempre pulito, il fuoco acceso quando torno, piatti e bicchieri lavati e biancheria fresca di bucato ogni settimana!". Un giorno, mentre cacciava appostato al limite della foresta, vide arrivare un ragazzo e una ragazza, due fratelli figli di contadini, che cercavano funghi; subito li agguantò e ritornò tutto contento verso casa. "Eccoci arrivati!" disse. "D'ora in poi sarete miei servi! Voglio che qui sia tutto lustro e pulito: in cambio avrete da mangiare a volontà. Ma attenzione perché, se non mi ubbidirete o cercherete di fuggire, sarete voi a essere mangiati!"

Passato il primo spavento i ragazzi, rassegnati, ubbidirono all'orco, ormai felice di trovare la casa sempre in ordine. La sera, dopo cena, l'orco cercava di leggere con grande difficoltà uno strano libro.
"È un libro di incantesimi!" disse un giorno il fratello a sua sorella, guardando le pagine ingiallite, mentre l'orco era fuori. "Devo imparare tutte queste formule magiche a memoria!" si propose il ragazzo. "Solo dopo potremo tentare di scappare!" La sorella lo guardò fiduciosa: "Sono certa che ci riuscirai!".
Infatti, un giorno, la ragazza si sentì dire: "Ecco, adesso ne so abbastanza. Possiamo scappare!". "Ma se l'orco ci ritrova?" domandò la sorella.
"Lascia fare a me! Saprò come difendermi!" disse il ragazzo e, presa per mano la sorella, cominciò a correre.

Erano più di due ore che correvano, quando l'orco, furioso, li raggiunse: subito allora il ragazzo fece il primo degli incantesimi, trasformando se stesso in un laghetto e la sorella in un pesciolino.
L'orco, che se li vide scomparire davanti, capì di essere stato giocato, ma poi pensò: "Vado subito a prendere una lenza...".
Come si fu allontanato, i due tornarono a esser ragazzi e ripresero a scappare. Ma già l'orco dalle lunghe gambe era di ritorno e stava per riagguantarli, quando il ragazzo fece il secondo incantesimo. Si trasformò con la sorella in un forno come quello che i contadini usano in campagna per fare il pane. L'orco, sempre più arrabbiato, urlò: "Ah! Sei diventato un forno, adesso! Bene! Allora ti brucerò!". E andò a cercare una fascina di legna per accendere il fuoco. I due avevano intanto ripreso la fuga: ma ormai erano stanchi e senza più fiato...

Stavano per essere di nuovo catturati, quando,
con un terzo incantesimo, il ragazzo mutò se stesso e la sorella
in due chicchi di grano, mescolati insieme ad altri mille chicchi in un'aia...
Questa volta l'orco, soddisfatto, esclamò: "Ormai siete in trappola, perché
l'unica magia che sono riuscito ad imparare è quella di tramutarmi in gallo."
E, dopo aver detto tre volte 'chirichicchì', si mise a beccare in fretta il grano.
Ma, un attimo prima di essere beccato, il ragazzo si trasformò in volpe, saltò
addosso al gallo e se lo mangiò!
I due fratelli poterono tornare felici a casa e il ragazzo, col tempo,
diventò un grande mago che stupiva tutti con i suoi incantesimi.

Irina e lo spirito dei boschi

C'era una volta, in un piccolo paese al limitare di una grande foresta, un'orfanella di nome Irina. Tutti conoscevano la sfortunata bimba e l'accoglievano sempre con un sorriso.
La bambina, che aveva una grande fantasia, passava le sue giornate raccontando meravigliose storie e inventando strane avventure. Ogni mattina a scuola i compagni, prima dell'arrivo della maestra, l'ascoltavano a bocca aperta. Certe volte Irina diceva di aver visto un orso con la testa di uccello, oppure che la luna piangeva di tristezza per la sua solitudine.

Altre volte raccontava di avere scoperto che il lupo si travestiva da donna per andare al mercato.
Ogni giorno era una storia diversa.
Tutti i compagni di Irina erano contenti di cominciare così la loro giornata di scuola. Appena la bambina cominciava a parlare, in classe tutti si zittivano, si sentivano soltanto il cinguettio degli uccelli e lo stormire del vento tra i rami del cortile fuori dalla scuola.
E così quando la maestra entrava in classe, invece di trovare una gran confusione, vedeva tanti visi attenti e silenziosi che ascoltavano gli straordinari racconti. Qualche volta la maestra aveva perfino ritardato l'inizio della lezione per lasciare che Irina potesse concludere una storia particolarmente lunga o complicata. Poi, sorridendo, applaudiva anche lei la piccola orfanella e, carezzandola, le diceva: "Se continui così, un giorno diventerai una grande scrittrice!".
Nei giorni di mercato Irina, quando usciva dalla scuola, se trovava una vecchia botte, vi saliva sopra e di lì richiamava l'attenzione dei passanti con le sue fantastiche narrazioni. Poi tornava a casa cantando e, a chi le chiedeva da chi avesse imparato quelle canzoni, rispondeva: "È un ruscello del bosco che me le ha insegnate!".
Insomma Irina portava una nota di allegria a tutti gli abitanti del paese.
Le donne si fermavano volentieri alla sua casetta per salutarla quando tornavano a piedi dalla città.

Ma in paese c'era anche qualcuno che non amava Irina: era la figlia del fabbro, una bambina cattiva e invidiosa, che in classe non apriva mai bocca se non per fare la spia alla maestra.
Un giorno la bambina tornò a casa e disse a suo padre che Irina era una bugiarda e raccontava incredibili storie per farsi bella agli occhi di tutti.
Il fabbro si lasciò convincere dalla figlia e il giorno dopo si recò al mercato per ascoltare di persona i racconti di Irina.
La bambina parlava di un lupo ferocissimo, di cui tutti avevano paura e che, diventato suo amico, ogni sera andava a farle visita.
Quando Irina lasciò la piazza, il fabbro gridò: "Irina ci offende con i suoi racconti. È convinta che siamo tutti stupidi e che crediamo alle sue storie senza senso!".

Una donna dal viso gentile si rivolse al fabbro: "Lasciala dire. Vive in un mondo suo, un mondo felice, e quando racconta le sue storie non lo fa per farsi bella ai nostri occhi, ma perché ci crede veramente".
"Ti sfido a dimostrarlo!" rispose il fabbro, rosso in volto dalla rabbia nel sentirsi contraddire.
La donna cominciò a discutere con lui: "Tu non conosci Irina come la conosco io, hai soltanto sentito oggi una sua storia. Non puoi giudicarla solo per questo".
Poi riuscì a convincerlo dicendogli: "Questa sera andremo alla casetta di Irina senza farci vedere. Vedrai che rimarrai sorpreso!".
Quando venne buio arrivarono in silenzio fin sotto la finestra: Irina, sola davanti al camino, si dondolava sulla sedia mormorando qualcosa fra sé.
I due cercarono di capire cosa stesse dicendo.
"… amico lupo, ti aspetto tutte le sere! Perché non vieni mai? Perché mi lasci sempre sola? Di giorno sento gli uccellini che cantano e ho i miei amici che mi fanno compagnia. Ma di notte ho tanta malinconia, sento solo il verso del gufo e della civetta che mi impauriscono. Tutti hanno una mamma o un papà che li rassicurano, invece io…"
Il fabbro a quel punto si girò commosso verso la donna che aveva già gli occhi lucidi. Entrambi si erano resi conto che la povera bambina aveva bisogno di inventare storie fantastiche e amici immaginari per non sentirsi sola.

All'improvviso al fabbro venne un'idea. Si chinò verso un grosso tronco cavo, dicendo: "Da questo tronco posso ricavare con il mio scalpello qualcosa che mi faccia somigliare a una creatura dei boschi, così Irina, vedendo che i suoi personaggi vivono realmente, potrà pensare che i suoi sogni siano veri!".
Più tardi la bambina sentì battere sul vetro della finestra.
Era un nuovo amico: lo Spirito dei Boschi.
"Ciao Irina!" disse la strana apparizione. "Nella foresta siamo tutti entusiasti delle tue storie, dovresti raccontarne una anche su di me!"
Poi scomparve nel buio.
Il giorno dopo la bambina raccontò a tutti una nuova storia sullo Spirito dei Boschi, dicendo che era venuto a trovarla.
La figlia del fabbro, dopo le lezioni, corse a casa dal padre per informarlo della nuova bugia di Irina. Ma con sua grande sorpresa, il padre le rispose severo: "Non devi parlar male di Irina. Quello che racconta è vero. Anzi devi chiederle scusa al più presto per non averle creduto!".
Fu così che, quello stesso giorno, la figlia del fabbro perse la brutta abitudine di fare la spia e Irina guadagnò una nuova amica.